십격선생 유머

십격선생 유머

송재선 엮음

미래문화사

인생을 즐겁고 유쾌하게

유머를 즐기는 사람은 명랑하다. 명랑하면 생활이 유쾌하다. 유쾌하게 생활하면 사고思考와 육체가 밝고 건강해진다. 심신이 밝고 건강한 사람보다 더 행복한 사람은 없다.

웃음은 웃음 그 자체로 커다란 이익이다. 스트레스를 해소시켜 주어 육체를 건강하게 해주고, 분위기를 명랑하게 해주어 대인관계도 좋게 해준다.

우리나라 사람은 흔히 무뚝뚝하고 퉁명스럽다는 말을 많이 듣는다. 그러나 그건 틀린 말이다. 우리나라 고전소설인《흥부전》과《춘향전》은 얼마나 풍부한 해학과 익살의 밭인가! 고래古來부터 우리 민족의 피 속에는 유머가 살아서 꿈틀거린다.

옛날, 남대문을 지키는 사람에게 하루에 그곳으로 출입하는 사람이 몇명이냐고 물었더니 두 사람이라고 대답했다.

"수천 명은 될 터인데 어째서 두 사람뿐이라고 하느냐?" 고 하니,

"나가는 사람과 들어오는 사람, 두 사람이 아니냐!" 고 대답하더란다.

이 우화寓話대로 한다면 이 세상에는 즐겁게 사는 사람과 불쾌하게 사는 사람, 두 사람밖에 없다.

하면, 당신은 즐겁게 살고 싶은가? 아니면 찡그리며 살고 싶은가? 이렇게 묻는 것이야말로 우화寓話이고, 우문愚問이다.

인생은 결코 길지 않다.

그 인생의 마루에 올라서서 보면 더욱 그렇다.

내 나이 아흔 셋, 지금이 시월이니 머지않아 아흔 넷이 된다. 여느 사람과 비교하면 결코 짧은 삶이 아니다.

나도 젊은 시절에는 패기와 야망을 가지고 여러가지 일에 도전하여 성공도 했고, 실패도 했다.

그런 시간을 보내고 나서 지금 느끼는 것은 사는 동안에는 즐겁고 유쾌해야 한다는 것이다.

이것이 내가 아흔 고개를 넘어서 얻은 철학이다. 그래서 근간에는 남은 여력과 시간을 모아 '쌩뚱맞게' 유머집을 냈다. 내 진심이 무엇인지, 부디 독자들이 혜량하면서 이 책을 읽어주면 고맙겠다.

2005년 10월

저자 송재선

1부 웃음과 눈물

6

2부 선행과 악행

4부 성^性과 사랑

1부
웃음과 눈물

울어 보지 않은 젊은이는 야만인이고,
웃지 않으려는 늙은이는 바보다.
– G 산타야나 〈림보에서의 대화〉

첫날 밤에 아이를 낳은 신부

아침부터 부산스레 떠드는 소리에 집안이 들썩거렸다.

노총각 박 첨지가 장가가는 날이었다. 연지곤지 찍은 신부의 얼굴이 복사꽃마냥 붉고, 목덜미가 하얘 어여쁘기만 했다. 치맛자락이 둥그스름하게 부풀어 있는 모양이 고와 신랑은 눈을 떼지 못했다.

그런데 이게 웬일인가?

그 불룩한 뱃속에서 그날 밤 아기가 태어났다. 손과 발을 꼼지락거리며 우는 아기의 모습에 신랑은 기가 막혀 허허 웃기만 했다.

옆에 있던 신부가 말했다.

"아니, 그렇게 좋아하실 줄 알았더라면 집에 있는 세 살 먹은 놈도 마저 데리고 올 걸 그랬네요."

"……."

욕심 많은 놈, 미련한 놈, 정신 없는 놈

욕심 많은 놈과 미련한 놈과 정신 없는 놈이 함께 등산을 갔다.

앞에 가던 욕심 많은 놈이 고목나무가 썩어 뚫린 구멍 속에 벌이 꿀을 가득 쳐놓은 것을 발견했다. 한 움큼 손으로 꺼내 먹으니 그 달콤함에 눈이 감겨왔다.

"이렇게 천천히 퍼먹다가는 친구들한테 뺏길지도 몰라."

욕심 많은 놈은 나무 구멍에 머리를 처박았다. 뒤이어 오던 미련한 놈이 보니까 욕심 많은 놈이 저 혼자 꿀을 먹는 게 아닌가! 괘씸한 생각에 박힌 머리를 빼낼 양으로 허리를 잡고 있는 힘껏 당겼지만 벌에 쏘여 구멍보다 커져 버린 머리는 빠지질 않았다.

"이놈이 내 힘을 뭘로 보는겨!"

화가 난 미련한 놈이 다시 팔을 걷어 부치고 잡아당기자 목이 끊어지면서 몸뚱이만 구멍 밖으로 나왔다.

뒤따라오던 정신없는 놈이 이것을 보고 머리를 갸웃거렸다.

"저놈이 처음부터 대가리가 없었던가?"

마우여최馬禹呂崔 넘씨

재색을 겸비한 촌기村妓가 있었는데 그녀와 한번 관계를 가진 사내들은 두 번, 세 번, 계속하여 찾았다.

한 건달이 그 이유를 알고 싶어 그녀가 손님을 맞는 것을 눈여겨보니 참으로 묘한 구석이 있었다.

두 손님이 함께 들어오자 "마馬부장, 우禹별감님, 어서 오세요." 하더니 또 다른 두 사람에겐 "여呂초관, 최崔서방님, 어서 오세요." 하는 것이었다. 그런데 실인즉 이들 손님의 성은 '이씨', '김씨'이고 '마씨'나 '우씨', '여씨'나 '최씨'가 아니었다. 궁금해진 건달이 기녀에게 물었다.

"자넨 손님들의 성씨를 그렇게 모르는가?"

"아닙니다. 어찌 성씨를 모르겠습니까. 다만 그분들을 그렇게 부르는 것은 밤일을 가지고 지은 별성別姓이지요."

"그건 또 무슨 뜻인가?"

"몸과 양물이 크니 마馬씨, 몸은 작지만 두 주머니가 크니 여呂씨, 한번 들어오면 되새김질을 오래하니 우禹씨, 상하로 부지런히 움직이니 최崔씨지요. 최는 곧 작雀이니, 참새를 뜻하지요."

기생의 설명에 박장대소를 한 건달이 슬그머니 물었다.

"그럼 내게는 무슨 별성을 주겠는가?"

기녀는 주저없이 대꾸했다.

"헛되이 오락가락만 하니 '허(許-虛)생원'으로 하는 게 어떨지요?"

19

꼭지성이 된 배씨裴氏

옛날 배씨裴氏 한 사람이 살고 있었는데, 건망증이 어찌나 심한지 자기 성도 잊어버리기 일쑤였다.

그래서 그의 부인은 남편이 외출할 때에는 배 꼭지에 끈을 묶어 허리춤에 달아 주었다. 남에게 성을 말할 때에는 두루마기를 걷어 배를 보고 대답하라고 시켰더니 한동안은 문제가 없었다.

한번은 멀리 출타할 일이 생겼다. 부인은 그날도 마찬가지로 남편의 허리에 배를 매달아 주었다. 그런데 배가 너무 컸던지 한참 걷는 중에 그만 바닥으로 떨어지고 말았다.

"어? 이 배가 어디서 떨어졌지? 마침 목마른데 잘 되었구만."

그는 달콤하고 시원한 배를 아작아작 먹어 버렸다.

잠시 후, 지나가던 독장수가 길동무가 생겨 반갑다며 말을 걸어왔다.

"나는 김가요, 저 산 넘어 장이 선다길래 가는 길이오만⋯⋯."

배씨는 자기도 성을 소개하며 인사를 하려고 두루마기를 제치고 보니 꼭지만 덩그라니 있기에 얼른 인사를 건넸다.

"내 성은 꼭지가요."

흰 닭 영감

충청북도 옥천군 청성에 아들 없는 노부부가 살고 있었다. 그의 집은 언덕 위에 있는 집이라 낮은 돌담 안에서는 밖이 잘 보이지만 밖에서는 울 안이 전혀 보이지 않았다.

추수가 끝난 늦가을밤이라 한가한 때를 보내고 있던 사랑방의 젊은이들은 닭서리를 하기로 했다. 이집 저집 고르다가 노부부의 집이 담장이 낮다는 이유로 결정되었다. 그래서 두 사람이 집 안으로 들어가 닭을 잡아 담 밖으로 넘겨주면 담 밖에 있던 사람이 받기로 했다.

닭들은 모두 꾸벅꾸벅 깊이 자고 있었다. 집 안으로 들어간 두 사람은 닭의 모가지를 비틀어서 담 밖으로 넘겨주었다.

저녁 먹은 것이 탈이 나서 눈만 감고 미처 잠들지 못하고 있던 영감이 밖에서 들려오는 닭소리에 헛기침을 하며 마당으로 나왔다.

닭장 앞에 있던 두 젊은이는 닭장문의 빗장을 꽂고 짚더미 속으로 숨었다. 영감이 닭장에 와보니 빗장이 꽂혀 있고 아무도 없어 다시 방으로 들어가려다가 담 밖에서 인기척이 있어 담을 넘어다 보았다.

담 밖에서 기다리고 있던 젊은이가 보니 흰 털이 담 위에 나타났다.

"흰 닭이냐?"

담 밖에 있던 젊은이는 다짜고짜 영감의 흰머리를 사정없이 잡아 당겼다. 영감이 깜짝 놀라 소리쳤다.

"아얏! 내 머리 다 뽑히겠다. 이 고얀 놈들아!"

깜짝 놀란 젊은이들은 줄행랑을 쳤다. 짚더미에 숨어 있던 두 사람도 담을 넘어 도망쳤다.

마당의 시끄러운 소리에 쫓아 나온 부인이 참으라고 하였지만 영감은 다음날까지도 분을 삭이지 못하여 사랑방으로 갔다.

"간밤에 닭서리를 온 놈들이 내가 담을 넘어 보았더니 '흰 닭이냐' 하면서 내 머리털을 잡아당겼다. 어느 놈인지 말하거라!"

결국 닭도둑은 잡지 못하고 그날 이후로 '흰 닭 영감'이라는 별명만 얻었다.

웃게도 하고 성나게도 하고

마을 청년들이 새참을 먹고 잠시 느티나무 그늘 아래에서 쉬고 있는데 멀리서 젊은 여자가 개를 데리고 오고 있었다. 말장난하기를 좋아하는 잔돌이가 괜시리 심심한 마음에 친구들에게 내기를 걸었다.

"내가 만약 저 여자를 웃게도 하고 화나게도 하면 나에게 각자 돌아가면서 술을 사고, 그렇지 못하면 내가 오늘 한턱 내지."

청년들은 모두들 재미있는 내기라며 좋아했다.

잔돌이는 그 여자가 다가오자 여자의 개 앞에 무릎을 꿇고 절을 하면서 말했다.

"아버지!"

여자는 어이가 없어 웃었다.

잔돌이는 이번에는 여자에게 절하면서 말했다.

"어머니!"

웃던 여자는 곧 얼굴이 굳어지면서 화를 내고 가버렸다.

잔돌이의 말대로라면, 그 여자는 개의 마누라가 되고, 자기와 나이가 비슷한 아들을 둔 어미가 되니 성이 날 수밖에 없었다.

십격선생十格先生

한 선비가 곧잘 여종과 밀통密通을 하는데, 한 번 아내에게 발각된 이후로는 계속 들통이 나는 것이었다.

그래서 친구에게 물었다.

"여종과 노는 게 재미 치고는 정말 별미인데 매양 발각되어 흥이 깨어지니 무슨 수가 없겠소?"

이에 늙은 친구가 대답했다.

"내 묘법을 가르쳐 줄 테니 그대로 한 번 실행해 보게. 여종과 밀통하는 열 가지 요령이 있으니 이를 간비십격奸婢十格이라 하네.

그 첫째는 기호탐육격飢虎貪肉格, 즉 굶주린 호랑이가 고기를 탐하듯 하라는 것이니 이는 그대가 여종을 품어 보고자 하는 그 마음가짐을 이르는 것이고,

둘째는 백로규어격白鷺窺魚格, 즉 백로가 고기를 엿보듯 하라는 것이니, 이는 여종이 어디에 있는가를 잘 엿보아 둠을 말함이지.

셋째는 노호청빙격老狐聽氷格, 즉 늙은 여우가 얼음 깨지는 소리를 듣듯 하라는 것이니 아내가 잠들었는지 아닌지를 조심해서 살피라는 것이고,

넷째는 한선탈각격寒蟬脫殼格, 즉 매미가 껍질을 벗듯 온몸을 이불에서 빼내는 기술을 말함이네.

다섯째는 영묘농서격靈猫弄鼠格, 즉 영특한 고양이가 쥐를 희롱하듯 여러 가지 기교로 희롱함을 말함이고,

여섯째는 창응박치격蒼應搏雉格, 즉 매가 꿩을 차듯 번개처럼 재빠르게 깔아 뭉개라는 것이네.

일곱째는 옥토조약격玉兎搗藥格, 즉 토끼가 약을 찧듯 옥문玉門에 자유자재로 꽂았다가 뺌을 이는 것이고,

여덟째는 여룡토주격驪龍吐珠格, 즉 용이 여의주를 토하듯 사정射精을 신나게 하라는 것이네.

아홉째는 오우천월격吳牛喘月格, 즉 오나라의 소가 달을 머금듯 피로로 인한 숨결을 빨리 안정시켜야 한다는 것이고,

열째는 노마환가격老馬還家格, 즉 늙은 말이 집으로 돌아가 듯 자취를 감추어 자기 방으로 돌아가 조용히 잠들라는 것이네.

앞으로는 이 열 가지 요령대로만 행하면 낭패하는 일이 없을 것이네."

선비는 이 늙은 친구의 십격十格에 공감하여 그 뒤로는 이 친구를 십격선생十格先生이라고 부르며 모셨다.

피부색

하나님이 인간을 만들기 위해 세상에서 가장 부드러운 흙을 가져다가 오랫동안 반죽을 했다. 주무르고 때리고 몇 번의 반죽이 있은 다음에야 모습을 만들어 가기 시작했다.

태양을 닮은 두 눈을 만들고, 산을 닮은 코, 반달 같은 입술을 만들었다. 팔과 다리 손, 발 모든 것을 자연의 모습을 닮도록 했다.

현재 인간의 피부색에는 흑색, 백색, 황색 세 가지가 있는데, 이것은 하나님이 인간을 흙으로 만들어 불에 구울 때 불 조절을 다르게 했기 때문이다.

처음 것은 너무 센불에 오래 굽는 바람에 타버려서 흑인이 되었고, 그 다음에는 덜 구우려 한 것이 설익어 백인이 되었다. 세번째는 두 번의 실패한 경험을 살려 흑인을 만들 때보다는 약한 불에, 백인 때보다는 센불에 구워서 알맞게 된 것이 황인이다.

남녀의 특성

머리가 좋은 남자가 꿈에 신神의 마을이라는 곳에 갔다.

남자는 여태껏 궁금했지만 아무도 답변하지 못했던 것들을 신에게 물어보리라 마음먹고 마을로 들어섰다.

마을에는 이미 번호표를 뽑아 들고 줄을 선 사람들로 가득했다. 가장 훌륭한 신을 만나려면 사흘을 기다려야 한다는 이야기를 듣고는, 그보다는 못해도 바로 만날 수 있는 신의 집으로 갔다.

남자는 신 앞에 무릎을 꿇고 앉았다.

"저는 머리가 좋습니다. 그런데 우리 집 여자들은 하나같이 머리는 나쁘면서 먹는 것만 좋아합니다. 어머니, 아내, 그리고 딸내미까지 하루 종일 입을 쉬지 않지요. 그 이유가 무엇인지요?"

"흠, 그것은…… 남자는 대가리가 두 개고, 여자는 입이 두 개이기 때문이니라."

돼지는 맞돈 내고 먹는 줄 알았지

정수동鄭壽同이가 설날 차례를 지내고 외상술 마수를 하려고 단골 주막에 갔다.

"정월 초하룻날 외상이 어디 있나요?"

주모는 술을 주지 않고 동이를 이고 물을 길러 갔다. 정수동은 그래도 마수 손님인데 홀대하는 것이 괘씸했다.

그때 마침 우리에서 나온 돼지가 마당에 깔아 놓은 멍석 위의 고두밥(막걸리의 원료인 밥)을 먹기 시작했다.

그는 쫓지 않고 내버려두었다. 물동이를 인 주모가 들어오면서 소리쳤다.

"아니, 돼지가 고두밥을 먹어도 쫓지도 않고 보고만 있어요?"

"앗따, 나는 돼지가 맞돈 내고 먹는 줄 알았지, 외상인 줄 알았남?"

오, 내 입이 아니던가?

인색하기로 유명한 충청도 충주 자린고비 집에 그와 죽마고우 친구가 찾아갔다.

그는 땅뙈기도 꽤 있는 돈 많은 사람이건만 지독한 구두쇠였다. 해가 지고 어둡건만 불을 켤 생각조차 하지 않았다. 저녁상에는 작은 밥사발과 국 한 그릇이 다였다.

친구는 뜨끈뜨끈한 장국을 한 숟가락 떠서 자린고비 입에 불쑥 밀어넣었다. 자린고비는 깜짝 놀라며 소리쳤다.

"앗! 뜨거워! 이 사람아, 이게 무슨 짓인가?"

"어허, 내 입인 줄 알았는데, 자네 입이었던가? 너무 어두워서 내가 실수를 했네."

결혼을 반대하는 사람이 누구요?

스물 다섯 해를 사는 동안 남자를 몰랐던 여자가 사랑에 빠졌다.
아릿하면서도 달콤한 그 느낌이 황홀하기만 해서 하루가 어찌 가는지도 몰랐고, 눈을 떠도 감아도 그 남자 생각밖에 없었다.

더욱이 남자가 미남인 데다가 선물도 자주 해주는 본새를 보니 부자인 것 같아 마음이 더욱 흡족했다. 그래서 몸을 허락하고 결혼을 하자고 본격적으로 나섰다.

남자는 결혼 이야기만 나오면 이 핑계 저 핑계를 대면서 피했다.

여자가 화가 나서 따졌다.

"어째서 결혼 말만 나오면 피하지요? 집안에서 반대하시나요?"

"……"

"반대하는 이가 아버지신가요?"

"아니."

"그러면 어머니신가요?"

"아니."

"그러면 서른이 넘도록 시집 못 간 누님인가요?"

"아니."

"그럼 도대체 누구란 말예요? 왜 말을 하지 않아요?"

여자가 짜증을 내자 남자는 기어들어가는 소리로 말했다.

"저…… 우리 마누라요."

팥죽 같은 땀

어느 마을에 늙은 홀시아버지를 모시는 중년 과부가 살고 있었다. 입맛이 없다는 시아버지를 위해 며느리는 저녁에 팥죽을 쑤어 소래기에 담아 부뚜막에 놓고 물을 길러 밖으로 나갔다.

시아버지가 방에서 저녁상을 기다리다가 배가 고파 부엌으로 나와 보니 소래기에 담긴 팥죽이 참으로 맛있어 보였다. 그는 먹고 싶은 생각이 불같이 일어나 바가지로 팥죽을 떴다. 그런데 부엌에서 먹자니 며느리에게 들키면 체면이 깎일 것 같아 뒷간으로 갔다.

한편, 물을 길어 온 며느리도 시아버지가 보이지 않자 팥죽이 먹고 싶어 한 사발을 떴다. 그러나 부엌에서 먹다가는 시아버지에게 들킬 것 같아 숨는다는 것이 공교롭게도 뒷간이었다.

뒷간으로 들어간 시아버지는 막 팥죽을 먹으려고 하는데 며느리가 오는 소리가 들려 당황했다. 눈을 두리번거려도 도무지 감출 데가 없었다. 이윽고 뒷간 문이 열리자 시아버지는 팥죽 바가지를 얼른 머리에 뒤집어 썼다.

며느리는 뒷간 문을 열자 시아버지가 있어 들고 있던 팥죽 사발을 불쑥 내밀었다.

"아버님, 팥죽 드세요."

"오냐! 그런데 팥죽 먹으라는 말만 들어도 팥죽 같은 땀이 흐르는구나."

내 성은 참깨 가요

옛날 어느 마을에 정신 없는 젊은이가 살았다. 결혼한 지 삼 년이
되도록 부족한 머리 때문에 한번도 처갓집에를 가보지 못했다. 새
해 아침이 되자 부인이 남편에게 말했다.

"여보, 결혼한 지 삼 년이 되도록 멀지도 않은 처갓집에 세배를
안갔으니 부모님이 얼마나 서운해 하시겠어요. 금년에는 한번 다
녀오시지요."

"내가 가기 싫어 안 가는 것이 아니잖소. 하도 정신이 없어 그런
게지……."

"제가 찾아가는 방법을 알려드릴 테니 다녀오도록 하세요."

다음 날, 부인은 아침 식사를 일찌감치 마치고 남편에게 길을 설
명하여 주었다.

"우리집 앞길을 따라 한참을 가면 얕은 재가 나오지요. 그 재를
넘으면 마을이 나오는데, 그 동네에는 강씨가 한 집밖에 없으니 사
람들에게 강 서방 집만 물으면 찾으실 수 있을 겁니다."

"강씨를 잊어버리지 않을까 걱정이 되오."

"그럴 때는 강아지를 생각하세요."

"허허 그렇구만…… 그런데 내 성을 물으면 뭐라고 대답하지?"

아내는 한참을 고민하다가 부엌으로 들어가 부지깽이를 가져와
서는 숯검정으로 남편의 손바닥에 이(사람 의복에서 번식하는 곤충) 한 마
리를 그려주면서 말했다.

"이것은 당신 몸에서 피를 빨아먹는 이요. 누가 당신의 성을 묻거든 손바닥을 보고 이 가라고 하세요, 그리고 그림이 지워지지 않도록 각별히 조심하시고요."

부인은 마을 어귀까지 따라가 남편을 전송했다.

젊은이는 재를 넘어 처가 마을에 도착했다. 길을 묻기 위해 주변을 두리번거리다가 마침 보리밭에 똥을 주고 있는 농부가 있어 물었다.

"여보시오, 이 동네에…… 저……."

그런데 처갓집 성이 도무지 생각이 나질 않았다.

"누구를 찾는 것이오?"

머뭇거리는 젊은이에게 농부가 물었다.

"저…… 잠깐만 기다려 주시오. 그게……."

그때 옆으로 개 한마리가 지나갔다. 그런데 강아지라는 말이 생각이 나질 않아서 얼른 떠오르는 대로 말했다.

"저…… 개 서방댁을 찾습니다."

"내가 오십이 되도록 개 서방이라는 말은 처음 들었소. 개 서방이

있으면 소 서방도 있고, 말 서방도 있고, 염소 서방도 있고, 닭 서방도 있고, 강 아지서방도 있을 것이니, 이것들이 동물이지 사람이오? 내 참, 허허……."

"아니, 아니올시다. 개 서방이 아니라 강 아지서방…… 아니, 강 서방을 찾습니다."

농부는 젊은이가 겉모습은 멀쩡한데 하는 말이 하도 이상하여 물었다.

"여보! 당신은 성이 뭐요?"

"잠깐 기다리시오."

젊은이는 아침에 부인이 그려준 그림이 생각나 손바닥을 펴보았다. 그런데 땀으로 이의 발은 지워지고 몸뚱이만 남아 있는 모양이 참깨처럼 보였다.

"아, 내 성은 참깨 가요."

백 살과 백세 살은 벗 못한다

옛 어른들은 사람 나이 육십을 넘으면 그 이후의 생명은 하늘이 내어 준 선물이라 여겨 감사하면서 하루하루를 살았다. 그리고 마을에서는 장수하는 어른이 계신다는 것을 큰 복으로 생각했다.

한 동네에 백 살 된 영감과 백세 살 된 영감이 젊어서부터 오랫동안 친하게 지냈다. 설을 맞아 백 살 된 영감이 백세 살 된 영감에게 새해 인사를 갔다.

"금년에도 건강하고 복 많이 받게나."

백세 살 된 영감은 집으로 들어서는 친구가 반가웠다. 금년에도 둘 다 아프지 않고 새해를 맞게 되어 기분이 좋았다. 그래서 장난끼가 발동했다.

"아, 이 사람이 나랑 벗을 하려고 하잖나?"

"아니, 칠십여 년을 벗한 처지에 이제와서 별안간 벗을 못한다니 자네 치매가 왔나보이?"

"이 사람아! 내 말 좀 들어보게. 물론 자네와 나는 칠십여 년을 사권 친구임에는 틀림이 없네. 그러나 자네도 금년에 백 세가 되었으니 알겠지만, 백 세 이후부터는 일 년을 사는 것이 백 세 이전의 십 년을 사는 폭이 되네. 그러므로 이제부터는 자네와 내가 세 살 차이가 아니라 삼십 년 차이가 되는데 어찌 벗을 할 수 있단 말인가? 그러니 스무살 차이가 넘으면 형 대접을 하라는 옛말대로 나에게 세배를 하시게."

구두쇠

고리대금으로 돈을 모은 지독한 구두쇠가 있었다. 이자 갚을 날짜가 하루라도 지나면 집에까지 찾아가 마당에 드러누워 행패를 부리기가 일쑤였다.

아침부터 김 서방네 마당에 널어 놓은 고추를 휘저으며 행패를 부린 구두쇠는 돈을 받아 집으로 돌아오다가 발을 잘못 디뎌 강물에 빠졌다. 그는 악을 쓰고 허우적거렸지만 점점 깊은 곳으로 떠내려 갔다.

때마침 지나가던 행인이 나뭇가지를 꺾어 구두쇠 앞으로 내밀었다.

"이 나무를 잡으시오. 내가 끌어당기겠소."

"여보시오! 당신이 나를 구해 준다 해도 엽전 한 닢밖에 줄 수 없으니 그래도 좋으면 건져 주고, 만일 그 돈이 적다면 아예 구할 생각을 마시오."

"지금 돈이 문제오? 빨리 잡으시오. 그러다 큰일나오."

"공연히 구해놓고 난 다음에 딴소리하려는 게지?"

구두쇠는 깊은 물 속으로 빠져 들어가 보이지 않았다.

손님은 죽은 닭고기도 잘 잡수시네요

꾀보가 아침부터 신이 났다. 부엌에서는 손님 맞을 준비로 맛있는 냄새가 한창이었다. 꾀보는 씨암탉을 잡는다는 이야기를 듣고 아까부터 침을 꿀떡거리며 기다리고 있는 중이었다.

귀한 손님은 점심나절에야 도착했다. 손님은 시장했던 차에 잘되었다며 닭고기를 먹는데, 곁에서 보니 이러다가는 저 먹을 것이 남지 않을 것 같았다.

"손님은 죽은 닭고기도 잘 잡수시네요."

꾀보의 말을 들은 손님은 병들어 죽은 닭을 자기에게 주었나 싶어 그만 먹고 남겼다.

손님이 밥상을 물리자 남은 닭고기는 모두 꾀보의 차지가 되었다. 툇마루에서 닭고기를 맛있게 먹고 있는 꾀보를 보고서 손님이 물었다.

"너는 왜 죽은 닭고기를 먹느냐?"

"그럼, 산 닭으로 요리할 수 있나요?"

어느 셈이 옳은 셈인가?

금은방에 손님이 들어왔다. 주인은 새로 들어온 물건이라며 손님의 곁에 붙어 서서 연신 물건을 보여 주었다.

손님은 금가락지를 가리키며 말했다.

"얼마요?"

"열 냥입니다."

손님은 열 냥을 내어주었다.

그리고는 다시 진열대에 놓인 쌍가락지를 가리키며 물었다.

"이것은 얼마요?"

"스무 냥입니다."

"그럼 이 쌍가락지를 사겠소."

주인은 쌍가락지를 싸주었더니 손님은 먼저 산 가락지를 주인에게 돌려 주면서 나가려고 했다. 이에 주인이 말했다.

"손님, 돈 열 냥을 더 주셔야지요."

그러자 손님은 버럭 화를 냈다.

"돈 열 냥은 현금으로 주고 나머지 열 냥은 현물로 주었는데 무슨 돈을 더 달란 말이오?"

"……?"

백세장수 百歲長壽

장수마을이 있었다. 다른 마을은 환갑이 지나면 큰어른 대접을 받았지만 이 마을은 이름만큼이나 모든 사람들이 백 세 장수를 누리는 곳이었다.

한 젊은이가 자기도 장수하리라는 부푼 마음으로 이사를 왔다. 그는 짐을 풀자마자 주인집으로 인사를 갔다. 안방에는 머리가 하얀 노인이 앉아 있었다.

"안녕하세요? 새로 이사 온 박 서방입니다."

"그래, 새로 이사왔다고?"

"네, 앞으로 종종 찾아뵙겠습니다. 그리고 영감님 백 세 장수하십시오."

인사를 드리고 일어나려 하자 노인은 갑자기 재떨이를 던지면서 버럭 화를 냈다.

"아, 이놈아! 내가 올해 아흔 여덟 살인데 그럼 2년 후에는 죽으라는 말이냐?"

젊은이는 이 마을에서 백 세란 한창 때라는 것을 몰랐던 것이다.

업혀 온 중

젊은 과부가 이웃 총각과 남모르게 통정을 했다. 그 방법이 참으로 교묘한데, 짚등우리 속에 총각이 들어가면 과부가 그 짚둥우리를 지고 자기 집으로 와서 실컷 즐기고 나서 다시 제 자리에 가져다놓곤 하는 것이었다.

젊은 중이 산책을 나왔다가 이 모습을 보고는 총각보다 먼저 짚둥우리 속으로 들어갔다. 과부는 짚둥우리에 사람이 들어 있는 것을 확인하고는 늘 하던 대로 방으로 들어갔다.

그런데 나타난 것은 민둥머리의 중이었다.

"에그머니나! 스님이 어쩐 일인지요?"

무슨 말씀! 당신이 업어 왔잖소?

"스님, 제발 그냥 나가 주세요. 들키면 제 목숨이 위험합니다."

"아니, 머리털이 없으면 남자가 아니랍니까?"

중은 과부를 끌어안았고, 남정네의 숨결이 느껴지자 과부는 더 이상 반항하지 않았다.

사위의 코

멀지않아 딸을 여의게 된 부부가 사위에 대해서 걱정을 했다.

"영감, 사위의 코가 너무 크잖아요?"

"코가 크면 어떤가."

"하지만 코가 크면 그것도 크다고 하니까 혹시 그애가 너무 시달리지나 않을지……."

"글쎄, 그렇다고 내가 보자고 할 수도 없고……."

"삼월이를 시켜 알아보도록 할까요?"

"소문 안나게 그리 해보구려."

그리하여 몸종 삼월이에게 돈을 주고 부탁했다.

그 짓이라면 원래 이골이 난 삼월이인지라 별 탈 없이 사위될 사람과 하룻밤을 지냈다. 그 이튿날 마님이 걱정스레 물었다.

"그래 어떻더냐?"

"마님, 염려 없사와요."

"너무 크진 않더냐?"

"뭐, 별로…… 나으리 정도의 치수던 걸요."

여자들과 함께 목욕한 사나이

세 친구가 고개를 넘다가 중턱에 있는 나무 그늘에서 쉬고 있었다. 해가 너무 따가워 몇 걸음만 걸어도 온 몸에 땀이 났다.

그때 여자들의 말소리가 들려와 둘러 보니 고개 밑 계곡에서 처녀들이 목욕을 하고 있었다. 이를 보고 키가 큰 놈이 말했다.

"우와! 저 여자들과 함께 목욕을 하면 얼마나 좋을까?"

"멍청아. 남자가 가까이 가면 도망가지 그대로 있을 여자가 어디 있냐?"

"내가 성공하면 오늘 밤 술을 사겠나?"

"허허, 그리하지. 대신 실패하면 네가 사는 거야!"

"좋지."

곰보 놈은 신발과 바지를 벗고 막대기 하나를 지팡이 삼아 여자들이 있는 계곡 쪽으로 더듬거리며 갔다. 그리고는 언덕이 가파른 곳에서 넘어지는 시늉을 하고는 물에 빠져 허우적거렸다.

여자들이 보니 장님이 물에 빠져 위험한지라 모두 달려 가서 팔다리를 하나씩 들고 뚝에 눕혔다. 그리고는 젖은 옷을 모두 벗겨 물을 짜서 다시 입히고, 지팡이까지 손에 들려주며 말했다.

"장님 아저씨! 조심하여 가세요."

그날 저녁 곰보 놈은 코가 비뚤어지도록 술을 마셨다.

노새의 방귀

한 선비가 노새를 타고 가다가 길에서 점장이인 소경을 만났다. 소경은 점을 쳐보더니 선비에게 말했다.

"당신이 탄 노새가 방귀를 세 번 뀌면 당신은 죽을 것이오."

선비는 처음에 무슨 돼먹잖은 소리냐 싶어 귀담아 듣지 않았으나 얼마쯤 가노라니까 푹! 하고 노새가 방귀를 뀌었다.

그때서야 선비는 걱정이 되어 노새 등에서 내려 돌멩이 하나를 주워 그 구멍을 막았다. 그런데 또 얼마쯤 가자니까 푹! 하고 소리가 나더니 돌멩이가 멀리 날아가 버렸다.

선비는 또다시 노새 등에서 내려 이번에는 먼저 것보다 훨씬 큰 돌멩이를 주워다 힘들여 그 구멍을 틀어막았다.

그리고 다시 노새를 타고 가면서도 이번에 뀌면 세 번째로구나 생각하니 어쩐지 불안스러웠다. 그래서 노새 등에서 내려 구멍이 잘 막혀 있는지 들여다 보았다.

그 순간 노새가 잔뜩 모인 가스를 한꺼번에 뼁! 하고 맹렬하게 터뜨렸다. 돌멩이는 딱! 하고 선비의 미간을 때렸다. 선비는 어찌 되었을까?

나귀 대신 장닭을 타지

박 선달이 나귀를 타고 여행을 하다가 시골에 사는 친구의 집에 하루 묵어 가게 되었다. 군색한 형편은 아니면서도 몹시 인색한 친구였다.

오랜만에 찾아온 손님이건만 술상이라고 차린 것이 고작 막걸리 한 병에 고추장과 풋고추뿐이었다. 친구는 박 선달의 잔에 술을 채우며 말했다.

"두메산골이라 안주가 변변치 않다네."

때마침 장닭이 우는 소리가 들렸다.

"아니, 마음만이라도 고마우이. 내 자네와 오랜만에 함께하는 술자리인데 가만히 있을 수야 없지. 우리 저 나귀를 잡아 안주삼지 않겠나?"

친구가 깜짝 놀라 물었다.

"이 사람아, 나귀를 잡으면 자네는 무엇을 타고 가려는 겐가?"

"그야, 저기 있는 장닭을 타고 가면 될 일 아닌가?"

'싹독싹독' 조문하는 김 선비

충청도에 정신이 없는 김 선비가 살고 있었다. 등에 업은 아기, 삼 년 찾기는 기본이요, 실컷 밥을 먹고는 빈그릇만 주었다며 아내를 호통하기도 다반사였다.

어느 날 김 선비는 어릴 적 친구에게서 상(喪)을 당했다는 부고를 받았다. 조문을 가기는 해야 하는데, 곡을 어찌해야 하는지 몰라 고민이었다.

부인은 염려하는 남편을 위해 기다란 지팡이를 가져와서 손잡이를 칼로 어식어식 에워 주면서 말했다.

"곡은 '어이! 어이!' 하는 것이라, 지팡이를 어식어식 에웠으니 곡할 때 어이어이가 생각날 터이니 그대로 하세요."

"그것 참 좋은 생각이오."

김 선비는 지팡이를 손에 꼭 쥐고 친구의 집으로 향했다. 한참을 걸어가자 냇물이 앞을 가로막았다. 어젯밤 내린 비에 물은 깊이가 두 자나 불어 있었다.

그는 먼저 버선과 바지를 벗어 바닥에 내려놓고 두루마기는 걷어 허리에 동였다. 그리고 신은 왼손에, 지팡이는 오른손에 들고 무사히 건넜다. 그리고는 신을 신고 두루마기는 내려 걸음을 재촉하여 친구의 집에 도착했다.

김 선비는 빈소에 들어가 곡을 하려고 지팡이를 바라보았지만 아무런 생각도 나질 않았다. 한참 궁리하다가 지팡이를 싹독싹독 깎

45

은 것 같아

"싹독…… 싹둑…… 싹독……."

하고 곡을 하자 주위 사람들이 너무나도 기가 막혀 웃음이 나오려 했으나 웃지는 못하고 킥킥거리기만 했다. 그러나 친구는 원래 김 선비가 정신이 없는 사람이라는 것을 알고 있기에 화를 내지 않았다.

곡이 끝나고 상주와 김 선비가 맞절을 하는데, 물을 건널 때 바지를 냇가에 벗어두고 입지 않아 두루마기 자락이 벌어지자 양가랑이 사이에 축 늘어진 양물이 보였다. 이를 보고 사람들이 또다시 킥킥거렸다. 친구는 하인을 불러 자기 바지를 가져오라고 하여 입힌 다음에 다시 하인에게 일렀다.

"이 손님을 모시고 앞 냇가에 가서 바지를 찾아오너라."

김 선비는 하인과 함께 냇가로 가 바지를 찾아보았지만 없었다.

"손님, 어디에 벗어놓으셨는지요?"

"구름 그늘이 있던 이곳에 벗어두었는데, 이게 다리가 달렸나 어딜 간 게야?"

"누가 가져갔나 봅니다."

"허허, 세상에 제 바지도 아닌데 가져가다니……."

끝내 바지를 찾지 못하고 친구집으로 돌아온 김 선비는 식사를 하고 집으로 돌아가기 위해 친구에게 인사를 했다.

"내, 바지는 다음에 꼭 챙겨다 주리다."

배려심이 깊은 친구는 하인을 불러 냇가 건너까지 김 선비를 따라가도록 했다.

혼담婚談

　조혼 풍습이 있을 때의 이야기다.

　김 진사에게는 튼실하고 이목구비가 뚜렷하여 장래 큰일 할 인물이라는 말을 듣는 네 살배기 손자가 있었다. 김 진사는 손자의 색시감을 고르던 차에 마침 찾아온 친구에게 두 살 된 손녀가 있다는 말을 듣고 반가웠다.

　"자네와 나는 친한 사이일 뿐 아니라 두 집안이 어느 쪽으로도 기움이 없으니 자네 손녀딸과 우리 손자를 미리 정혼시키는 것이 어떻겠는가?"

　그 친구는 뜻밖에 화를 내면서 말했다.

　"아니, 자네는 내 손녀를 늙은이에게 시집보내라는 말인가?"

　최 진사는 영문을 몰라 되물었다.

　"도대체 무슨 말을 하는 것인가?"

　"생각해 보게. 내 손녀가 지금 두 살이고 자네 손자가 네 살이니, 앞으로 내 손녀가 스무 살이 되면 자네 손자는 마흔이 될 것 아닌가? 자네 같으면 그런 말도 안 되는 결혼을 허락하겠는가?

　최 진사는 친구의 말이 하도 어이가 없었다.

　'저런 소견을 가진 사람의 손녀라면 영리할 리가 없겠군.'

　"자네 말을 듣고 보니 그렇군! 없었던 일로 하세나."

빚을 탕감 받는 방법

고리대금을 하는 부자 영감이 오랫동안 병으로 고생하다가 남은 생이 얼마 남지 않았다고 생각하고 채무자들을 불러 모았다.

채무자 중에서 돈이 부족한 사람은 이자를 탕감하여 원금만 받고, 원금을 내기도 부족하면 형편대로 받아 빚을 모두 청산했다. 그런데 세 사람은 너무나 가난하여 당장에 갚을 돈이 한 푼도 없다며 조금 더 시간을 달라고 했다.

"허, 내가 곧 죽을 거라고 하지 않소. 그러니 더 이상은 기한을 연기해 줄 수 없소이다."

영감은 잠시 생각하더니 물었다.

"당신은 지금 당장은 갚을 능력이 없고, 나는 남은 시간이 얼마 없으니 그렇다면 다음 생에서야 셈이 가능하겠구려. 그러하니 각자 나를 위하여 무엇으로 어떻게 보답하겠다고 약속한다면 차용증을 돌려주리다."

그러자 빚이 가장 적은 사람이 말했다.

"저는 다음 생에 개로 태어나 영감님 댁의 도둑이 들어오는 것을 막아 재물을 보호해 드리겠습니다."

"으응, 그것도 괜찮겠소."

영감은 차용증을 내주었다.

"저는 죽어서 영감님 집의 소가 되어 일생 동안 열심히 일해 보답하겠습니다."

"으응, 그것도 좋은 생각이오."

영감은 빚이 조금 많은 사람에게도 차용증을 내주었다. 이제 남은 것은 가장 많은 빚이 많은 사람만이 남았다.

"저는 죽어서 영감님 아버지로 태어나겠습니다."

"뭐요! 빚도 많은 주제에 말하는 것도 고약하군. 그 말은 다음 생에 나더러 당신을 먹여 살리라는 뜻이 아닌가?"

"아니올시다. 그런 뜻이 아니오라, 저는 빚이 너무 많아 개나 소가 되어서는 도무지 보답이 되지 않지요. 그래서 제가 영감님의 아버지가 되어 재산을 많이 모은 후 영감님께서 편안히 사실 수 있도록 상속을 많이 해 드리겠습니다."

"……?"

인색은 귀신도 싫어한다

정초가 되어 부잣집에 재수굿이 열렸다. 굿판이 벌어지면 으레 집안에 맛있는 냄새가 진동하고 손님들로 시끌벅적하기 마련이건만 어찌된 영문인지 구경꾼도 없고, 상차림은 가난한 생원의 집보다 단출하고 남루하기 짝이 없었다.

무당이 연신 춤을 추며 이리저리 뛰어다녀도 신이 내리지 않자 영감이 물었다.

"어째서 강신降神하지 않지?"

"네, 사실은 먼 데 있는 신을 초청하였기 때문에 늦어지는 것이옵니다. 잠시만 더 기다려 주시오."

"가까운 데 있는 신을 모시지 않고 하필이면 왜 먼 데 있는 신을 불러온다는 말인가?"

"그야, 이 근방에 있는 신들은 영감님이 인색한 것을 다 알고 있기 때문에 불러도 오지 않을 것이니 어쩔 수 없이 수백 리 떨어진 곳의 신을 모시고 올 수밖에요. 시간이 좀더 걸리오니 기다리시오."

이완 대장李浣 大將의 담력

효종孝宗이 즉위한 후 북벌계획이 수립되면서 훈련대장에 임명된 이완은 소년시절부터 힘이 세고 담력이 강했다.

하루는 어린 이완이 정자 나무 그늘에서 낮잠을 자고 있었다. 묵직한 무엇이 가슴팍을 지그시 눌러 오는 기분이 들어 눈을 떠보니 큰 구렁이 한 마리가 몸통 위로 지나가고 있었다. 이완은 숨을 죽이고 가만히 누워 있었다.

이를 지켜본 어른들이 말했다.

"너는 잠이 들어 몰랐겠지만 네 몸뚱어리 위로 큰 구렁이가 지나갔단다. 만약 그때 네가 잠이 깨었더라면 놀라서 몸을 움직이는 바람에 물렸을 게야."

"아니오, 잠들어 있지 않았는 걸요. 다만 숨을 죽이고 있었던 거예요. 제가 가만히 있으니까 구렁이는 나무인 줄 알고 그대로 지나가더라구요."

이완은 후에 재기가 뛰어난 훌륭한 장수가 되었다.

남이 장군南怡 將軍의 최후

　남이는 무예가 뛰어나 17세의 어린 나이에 무과에 급제하였으며 곧은 성품까지 겸비하여 세조世祖의 총애를 받았다. 전장에서는 언제나 선봉에 나서 이지애의 반란과 건주위를 정벌하여 26세에 병조판서까지 지냈다.

　간신 유자광에게는 남이 장군이 눈엣가시 같았다. 그래서 반역을 도모했다는 누명을 씌웠다. 남이 장군은 정강이가 으스러질 만큼의 혹독한 고문을 이기지 못하고 거짓 자백을 했다.

　"그렇소, 내가 역적을 모의했소."

　"그러면 누구하고 모의하였느냐?"

　"저기 있는 영상 강순과 같이 하였소."

　그러나 80세의 고령인 강순은 역적모의와는 아무런 관련이 없었다. 하지만 역시 고문에 못이겨 거짓 자백을 하게 되었다. 그후 이들은 참형을 받으러 형장으로 끌려갈 때 영상이 남이 장군에게 물었다.

　"자네는 어찌 아무 죄도 없는 나를 끌어들였는가?"

　그러자 남이는 영상의 얼굴을 노려보며 말했다.

　"나의 무죄함을 당신은 잘 알면서도 일언반구의 조언도 없으니 일국의 영상으로서 그런 법이 어디 있단 말이오! 불의 앞에서도 함구하였으니 그 죄 또한 죽어 마땅하오."

궁예의 앙갚음

후고구려인 태봉泰封의 왕인 궁예弓裔가 세달사世達寺 중으로 있을 때의 일이었다. 궁예는 스님으로서의 수행은 않고 산으로 다니며 사냥을 하고서 늦게 돌아오곤 했다. 어느 날은 다른 스님들이 저녁 식사를 하고 난 다음에 궁예의 밥을 뭉쳐서 방바닥에 놓아두었다.

밤 늦게서야 돌아온 궁예는 이를 보고 화가 치밀었지만 아무 말도 않고 밖으로 나가 큰 동이에 물을 하나 가득 담아 방으로 들어왔다. 그리고는 물을 방바닥에 쏟았다.

잠자리에 들었던 스님들은 물벼락을 맞고 화들짝 놀라 깼다.

"이게 무슨 짓이냐?"

화가 난 스님들이 큰소리라 나무라자 퉁명스럽게 대답했다.

"밥을 물에 말아먹으려고요."

"……."

주량酒量

허풍 많은 두 친구가 오랜만에 만났다. 오늘은 무엇으로 자랑할까 생각하다가 주량 이야기가 나왔다.

"나는 술 한 잔도 못하네."

"그런가? 나는 술 반 잔도 힘들지."

"어제는 주막 앞을 지나기만 했는데도 취해서 어찌나 혼났던지."

"나는 주막 이야기만 들어도 취기가 올라오는 것 같으이."

"어릴 때부터 술지게미만 보아도 하늘이 뱅뱅 돌아 나도 모르게 갈지자 걸음을 걷는다네."

"술밥만 보아도 취하는 나보다는 낫구면."

"웬걸, 나는 누룩만 보아도 그런 걸."

"밀밭 앞도 지나지 못하는 나만 할까?"

그러다가 갑자기 한 친구가 땅바닥에 철썩 주저앉았다.

"아이고, 취한다. 더는 이야기도 못하겠네."

그러자 다른 친구도 덩달아 바닥에 털썩 주저앉았다.

"나도 지금까지 겨우 말했네. 술이 좀 깨걸랑 일어나야지."

아버지 수염이 붉은 까닭

어느 양반이 아들 형제를 두었는데 맏아들은 고지식한 것이 무뚝뚝하여 사랑스럽지 못했으나 막내아들은 약싹빨라 듣기 좋은 말만 하므로 어여쁘게 여겼다.

하루는 아버지가 길고 붉은 수염을 만지며 두 아들에게 물었다.

"내 수염이 어찌하여 붉은지 그 까닭을 알겠느냐?"

간사한 아들은 아버지의 뜻이 무엇인지를 잠시 헤아리더니 말했다.

"사람에게서는 여러 향취가 납니다. 그 향취가 사람을 귀함을 받게도 하고 혹은 업신여김을 받게도 하지요. 아버님에게서는 깊고도 은은한 향취가 나는데 아마도 아버지 수염이 길어서 평소 즐기시는 술잔에 잠겨 향이 배어 그런 것이 아닌가 하옵니다. 특히 과일주를 즐기시니 수염이 붉게 된 것이 아니온지요?"

그러자 옆에 있던 맏아들이 얼굴을 찌푸리며 말했다.

"잘못된 생각이다. 만일 네 말이 맞다면 평소 풀만 뜯는 우리 황소의 털은 왜 붉단 말이냐? 그것도 술에 잠겨서 그렇다 할 테냐? 이는 원래부터 그 물건의 성질이 그렇게 타고났기 때문이라고밖에 말할 수 없는 것이다."

아버지는 옳은 말만 하는 맏아들이 오히려 괘씸했다.

"너는 어찌 아비의 수염을 감히 짐승의 털에 비유한단 말이냐?"

사랑을 받는 데에도 기술이 있음을 맏아들은 몰랐다.

꽁생원과 며느리

장 생원에게는 걱정거리가 하나 생겼다. 지난 해에 시집온 며느리가 앞으로는 살림을 자기에게 맡기라며 곳간의 열쇠를 요구하기 때문이었다.

사내대장부가 꽁생원 같다 할까 염려되어 남에게 이렇다 저렇다 하소연도 못하고 답답한 마음에 밥맛마저 잃었다.

하루는 장 생원의 집에 손님이 와서 어쩔 수 없이 식사를 대접하게 되었다. 상에는 작은 그릇에 담긴 밥그릇과 무김치 한 가지만 놓여 있었다.

그런데 생원이 보니 무김치가 종지에 빼곡히 담겨 있었다.

"애야, 무김치를 너무 많이 담았더구나."

"아버님, 그게 아닙니다. 무김치를 통째로 종지에 꼭 끼게 담고 칼로 싹뚝 잘랐기 때문에 수저로는 빼먹지 못하므로 그저 남게 될 것입니다."

구두쇠 장 생원은 그제서야 며느리를 믿고 곳간 열쇠를 내주었다.

오줌 대중

시계가 없던 시절, 시간을 정확히 알기란 매우 어려운 일이었다. 낮에는 해가 있어 그나마 가늠할 수 있었지만 밤에는 유일하게 2시 경에 우는 닭소리가 유일한 시간의 잣대였다. 그러므로 밤시간을 가늠하기란 매우 힘들었다.

시집 온 지 얼마 되지 않은 새댁이 있었다. 그 여인은 밤 시간을 오줌 대중으로 가늠했는데, 어릴 때부터 거의 틀린 적이 없어 무척 자신감을 갖고 있었다.

시집 와서 처음으로 맞는 제삿날이었다. 간밤에 꿈자리가 사나워 깊이 잠들지 못한 것이 문제인지 음식을 만드는 내내 졸음이 몰려 왔다. 평소 오줌 대중에 자신 있던 여인은 한숨 자고 준비 해도 되 겠다 싶어 잠을 자다가 오줌이 마려워 눈을 떴다.

태연하게 일어나 제삿상을 차리고 있는데 갑자기 밖에서 닭 우는 소리가 들렸다. 닭이 울면 귀신이 저승으로 돌아가기 때문에 돌이 킬 수 없는 상태였다. 남편과 시어머니는 화가 날대로 나서 새댁을 다그쳤다.

남편과 시어머니의 심한 꾸중도 그렇지만 평소 믿었던 오줌 대중 이 맞지 않아 새댁은 화가 나서 부뚜막에 걸터앉아

"이것아, 왜 오늘은 대중을 지키지 않았느냐?"

하면서 하문만 쥐어뜯었다.

평안도 박치기와 전라도 물어뜯기

힘 좋고 싸움 잘하는 팔도 남정네들이 모두 모였다. 몇 번의 겨룸
으로 최후의 순간까지 남은 두 사람은 평안도와 전라도 사내였다.

평안도 사내의 주요 무기는 박치기로 커다란 바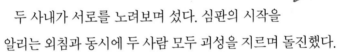
위 덩이도 한번 부딪혔다 하면 가루가 되기 일쑤
이니 최고의 강자다웠다. 전라도 사내는 물어뜯
기의 일인자였다. 고래 심줄도 한번 이 사내의 입
속으로 들어가면 토막토막 잘라져 나왔다.

두 사내가 서로를 노려보며 섰다. 심판의 시작을
알리는 외침과 동시에 두 사람 모두 괴성을 지르며 돌진했다.

평안도 박치기가 번개처럼 전라도 물어뜯기의 이마를 받는 순간
전라도 물어뜯기가 평안도 박치기의 코를 물어뜯었다.

전라도 물어뜯기 사내는 바닥으로 내동댕이 쳐졌다. 심판이 평안
도 박치기에게 승리를 선언했다. 평안도 박치기
가 기쁜 마음에 손을 번쩍 드는 순간 코에서 분
수처럼 피가 쏟아졌다.

"어, 내 코……"

"옛다, 네 코."

싸움에서 진 전라도 물어뜯기 사내는 먼지를 털
고 일어나서 박치기의 코를 뱉어 냈다.

매사는 선수를 써야 한다

젊어서 일찌기 혼자가 된 영감이 가만히 누워 있자니 심심했다.

그래서 쥐오줌으로 누렇게 변색된 천장의 무늬로 이런저런 그림을 짜맞추고 있는데, 옆집에서 맛있는 음식 냄새가 흘러들어왔다.

아마 솥뚜껑에 부침개를 부치는 모양이었다. 갑자기 시원한 탁주 한사발이 그리워졌다.

영감은 얼른 몸을 일으켜 작은 아들 집으로 향했다. 막 대문으로 들어서는데 손자 녀석이 마루에 앉아 울고 있었다.

부엌에서 물소리가 들리는 것으로 보아 며느리도 집에 있는 모양이었다. 영감은 울고 있는 손자를 불쑥 추켜 안고 말했다.

"이놈아, 밥이 먹고 싶어 우느냐, 술이 먹고 싶어 우느냐?"

영감의 목소리를 들은 며느리는 앞치마에 손을 닦으며 밖으로 나와 인사를 했다. 그리고 곧 점심상에 술주전자를 올려 내왔다.

영감은 곁에 앉아 있는 손자의 머리를 쓰다듬으며 말했다.

"그러게 무슨 일이든지 선수를 쓰는 게 중요하니라."

하늘과 땅에 가득한 글자 쓰기

학식과 덕망을 두루 갖춰 모든 이들의 모범이 되는 훈장님이 있었다. 하루는 급히 출타할 일이 생겨 아이들에게 커다란 종이를 나누어 주면서 말했다.

"오늘 저녁 무렵에야 돌아올 것 같구나. 그러니 이 종이에 글자를 가득히 써놓고 기다리고들 있거라."

모든 생도들은 열심히 종이에 글자를 적기 시작했다. 그런데 한 아이는 종이에 하늘천天과 땅지地 두 글자만 적고는 밖에 마당에 나가 놀기만 했다.

저녁 무렵이 되어 훈장님이 돌아오고, 아이들은 낮동안에 열심히 쓴 종이를 들고 검사를 받기 위해 섰다. 하얀 여백이 보이지 않을 만큼 가득하게 적힌 종이들 가운데 유독 두 자 '천·지'만 적은 종이가 도드라졌다.

훈장님은 그 종이를 들고 있는 아이를 앞으로 불렀다.

"너는 어찌하여 두 글자밖에 적지 아니하였는고?"

"넓은 하늘과 땅을 적고 보니 더 이상 글씨를 쓸 공간이 없어서 그랬습니다."

"그래? 너는 말로 글씨를 다 썼으니 됐다."

훈장님은 아이의 영리함을 속으로 칭찬했다.

절름발이 양반

여색을 밝히는 대감이 마누라에 첩실로도 모자라 처녀 여종을 취했다. 덜커덕 임신이 되어 사내아이를 낳았는데, 대감이 아이를 어여쁘게 여기자 호랑이 같은 마님이 화가 단단히 났다.

"이 화냥년아, 이게 무슨 꼴이냐! 나는 더 이상 못봐 주겠으니 당장 이 집에서 나가거라!"

"하지만 마님……."

여종은 아이를 부둥켜 안고 흐느꼈다.

"마님, 아이를 낳은 것이 그리 큰 죄인가요? 마님께서도 작년에 아기를 낳으셨지 않습니까?"

"그거야 이야기가 다르지 않느냐! 내가 낳은 아이는 대감 아이였느니라."

"다르다니 무엇이 말입니까? 마님이나 저나 대감 아이는 마찬가지 아니옵니까?"

"네가 낳은 아이는 절름발이 양반밖에 되지 않느냐?"

"무슨 말씀이세요? 제 아이의 다리는 멀쩡한데요."

"……."

첫날 밤 베개

혼인 날짜가 다가올수록 신부의 어머니는 고민이 이만저만이 아니었다. 이상한 졸음병에 걸려 바느질을 하다 연신 졸아대서 혼수 준비가 늦어졌기 때문이었다. 당장 금침 한 벌이 아직 완성되지 못해 큰일이었다.

"이러다가 첫날 밤에 소박맞으면 어쩌누……."

머리채를 흔들고 몇 번이고 바늘로 찔러도 두꺼운 눈꺼풀은 내려앉기만 했다. 끝내 배개 하나를 만들지 못하고서 시집을 보내게 되어 울고 있는 어머니에게 딸이 말했다.

"어머니, 울지 마세요. 저에게 꾀가 하나 있습니다."

첫날 밤이 깊어 불을 끄고 자리에 누웠는데 신랑이 보니 이부자리에 신부의 베개가 보이지 않았다.

"여보, 어찌 베개가 하나밖에 없소?"

"아이 참! 당신의 머리는 베개에 누이고 제 머리는 당신이 팔베개를 해주면 되잖아요."

과부의 통곡

스물 세 살에 청상이 된 여인이 자기의 신세가 너무 한탄스러워 통곡했다.

"여보, 나를 두고 당신만 가면 이제 나는 어찌 살란 말입니까? 안 됩니다. 나도 함께 갈 터이니 데려가 주시오. 혼자는 못삽니다."

여인이 관에 머리를 부비다가 그만 풀어헤쳐진 머리털이 관뚜껑에 끼었다. 통곡을 그치고 고개를 들려고 하는데 머리털이 당겨지면서 일어날 수가 없었다.

여인은 남편 귀신이 정말로 저승길로 함께 가려고 잡아 당기나 싶어 덜컥 무서운 생각이 들었다.

"여보! 그렇다고 지금 당장 데려가 달라는 뜻은 아닙니다. 나도 죽을 준비는 해야지요."

첫날 밤에 소박맞은 세 딸

한 배에서 났어도 각기 다른 품성을 지닌 세 자매가 있었다.

첫째 딸은 고집이 소같이 세고, 둘째 딸은 참새같이 경솔하며, 셋째 딸은 눈치고치 없는 푼수쟁이었다.

큰딸이 혼기가 되어 결혼식을 하고 첫날 밤을 맞았다. 신랑이 촛불을 끄고 옷을 벗기려 하자 신부는 옷고름을 부여잡고 완강히 거부했다.

"여자가 어찌 남자 앞에서 알몸을 보일 수 있습니까?"

신랑은 그런 모습마저 어여쁘게 여겨져서 말했다.

"혼인을 하였으니 이제 나는 외간남자가 아니라 당신과 한몸이 될 부부요. 그러니 옷을 벗고 잡시다."

그러나 신부는 고집을 부리고 꼿꼿하게 앉아 있었다. 신랑은 이런저런 생각이 꼬리에 꼬리를 물었다.

'저 여자가 정든 남자가 있어서 나를 거부하는가? 꼭 그 이유가 아니라도 다시 생각해 볼 일이다. 원래 신혼 초에 고분고분하던 여자라도 몇 해 지나 자식을 낳아 키우다 보면 남편을 올라타게 되는데 하물며 첫날밤부터 저렇게 콧대가 센 여자를 데리고 살다가는 나중에 신세를 망칠 게다.'

신랑은 아침이 되자 파혼을 선언하고 집으로 돌아갔다.

다음 해에 둘째 딸도 시집을 가게 되었다. 둘째 딸은 언니가 첫날 밤에 옷을 안 벗다가 소박맞은 것을 알기에 저는 그러지 않으리라 다짐했다.

저녁이 되어 신방으로 들어간 신부는 불을 끄자 신랑 앞에서 옷을 훌훌 벗어 버렸다. 알몸이 된 신부를 보고 신랑은 깜짝 놀랐다.

'저 여자가 순수한 처녀라면 아무리 남편이라고 해도 처음 보는 남자 앞에서 어찌 옷을 훌훌 벗을 수 있겠는가? 필시 한두 남자와 관계한 것이 아니라 여러 남자와 즐긴 갈보 같은 여자다.'

신랑은 정이 뚝 떨어져 날이 새기를 기다렸다가 말도 않고 도망쳤다.

몇 년이 흘러 막내딸이 혼인하게 되었다. 그마저도 소박맞을까 신부의 부모는 걱정이 태산이었다. 당사자 또한 이루 말할 수 없을 정도로 고민되었다.

마침내 모든 축하객이 돌아가고 밤이 되었다. 신랑이 먼저 신방에 들어가 신부를 기다리고 있었다. 잠시후 인기척이 들렸다.

"저기…… 옷을 입은 채 들어갈까요? 벗고 들어갈까요?"

이 말을 들은 신랑은 어이가 없었다.

'결혼한 여자가 어린아이처럼 옷 입고 벗는 것까지 일일이 묻는 것을 보면 분명히 달 수가 모자라는 바보일 게다.'

신랑은 말없이 뒷문으로 처갓집을 나와 집으로 돌아갔다.

그놈의 나박김치 때문에

맛있는 음식을 보면 사족을 못쓰는 사내가 있었다. 나이가 차서 장가를 들었는데 처갓집의 음식이 얼마나 맛나던지 친정나들이를 하는 아내와 항상 동행했다.

사위가 왔다고 한상 가득 내오는 음식을 사내는 고루 먹었지만 그 중에서 무에 배와 사과를 섞어 만든 나박김치가 처음 먹어 보는 것이라 더욱 맛있게 느껴졌다. 더 먹고 싶은 마음이 간절했지만 체면상 말은 못하고 상을 물렸다.

저녁이 되어 불을 끄고 누웠는데 낮에 먹은 나박 김치가 생각이 나서 도무지 잠이 오질 않았다. 사내는 신부가 잠든 사이 살금살금 부엌으로 갔다. 달빛의 도움으로 부뚜막에

있는 나박김치 단지를 찾을 수 있었다. 뚜껑을 열고 두 손을 넣어 건더기를 손에 쥐니 단지 아가리가 작아 손이 나오질 않고 단지째 들렸다. 당황한 사내는 주먹을 펴면 손이 빠져나온다는 것을 생각하지 못하고 그대로 단지를 들고 마루 위로 올라왔다. 문턱에 번쩍

이는 것이 있어 다듬이돌인가 보다 생각하고 단지를 깨버리기 위해 내리쳤다.

"아이쿠! 나 죽네!"

순간 장인의 외마디 비명이 들렸다.

다듬이돌이 아니라 장인의 이마에 내리친 것임을 알게 되자 사내는 재빨리 도망하여 집 뒤 감나무로 올라갔다.

한동안 집안에 소란하더니 곧 조용해졌다. 사내는 나무에서 내려오려고 주변을 살피는데 늙은 하인 하나가 나무쪽으로 연지(連枝:한 뿌리에서 자라 두 갈래로 이어진 나뭇가지)를 들고 오기에 그대로 있었다. 하인은 눈이 어두워 사내의 불알이 홍시로 보여 V자 연지에 끼우고 틀었다.

사내는 죽을 지경이었지만 소리도 못내고 물똥을 찔끔싸니 하인의 코에 떨어졌다.

"이런, 하필 곯은 홍시였네."

장에서 지내는 낮제사

어느 마을에 가난한 집 외아들로 태어나 일찍이 부모를 잃고 머슴살이를 하게 된 젊은이가 살았다.

젊은이는 제삿날이 되면 부모님이 더욱 그리워질 뿐만 아니라 제사를 지내드리지 못하는 것이 죄송스러웠다. 하지만 머슴살이를 하는 처지인지라 별 도리가 없어 다만 산소에 성묘만이라도 하게 해달라고 주인에게 청하여 승락을 받아 몇 해 다녔다.

한번은 제삿날에 성묘를 하다가 낮제사를 드릴 바에야 부모님의 영혼을 장터로 모시고 가서 부모님들이 예전에 좋아하셨던 음식을 맛있게 잡수시게 하는 게 좋겠다는 생각이 들었다.

먼저 지방 쓴 것을 옷 안섶에 바늘로 기워서 겉섶으로 덮고, 음식점에 가서는 지방이 보이게 겉섶을 걷고 기다렸다가 부모님이 다 드셨다고 여겨지면 겉섶을 내리고 또 다른 음식점으로 돌아다니며 골고루 드시도록 했다.

그러나 술은 따로 그릇에 담아 놓은 곳이 없었다.

"아버지, 어머니! 술은 그릇에 담아 놓은 것이 없사오니 죄송스럽지만 술항아리에서 직접 드시지요."

이렇게 제사를 마친 아들이 말했다.

"아버지, 어머니, 산소로 안녕히 가십시오. 머지않아 어머니 제사 때 또 모시러 가겠습니다."

소경의 명점名占

옛날 어느 선비가 느지막이 아들 하나를 두었는데 인물도 잘 생기고 현명하여 보는 사람마다 칭찬을 했다. 하루는 소경 점쟁이가 지나가다 들렀기에 점심을 대접하였더니 그 답례로 아들의 점을 보아주었다.

"주인장! 자제가 인물도 말쑥하고 영민하지만 장가를 들면 반드시 죽을 팔자니 그것이 참으로 애석합니다."

귀하게 얻은 아들인지라 선비는 눈앞에 캄캄해졌다.

"어찌하면 그 횡액을 면할 수 있겠습니까? 제발 알려 주십시오."

점쟁이는 손가락을 몇 번 꼽았다 폈다 하더니 말했다.

"묘책이 하나 있긴 합니다. 내가 알려 줄 터이니 꼭 그대로 시행

하십시오. 자제가 장가 간 후 사흘 동안은 절대로 처갓집에서 자서
는 안 되고, 또 만약 처가에 가야 할 일이 생기더라도 음식은 물론
물도 절대 먹으면 안 됩니다. 그래도 화를 당하겠기로 내가 그림 한
폭을 그려 줄 터이니 절대로 펴보지 말고 잘 간수하고 있다가 위급
한 일이 생겼을 때에 사용하시오."

소경은 누런 종이와 붓을 달라 하더니 더듬더듬 그림을 그려 접
어주면서 말했다.

"다시 말하지만 절대 열어 보아서는 안 되오. 꼭 위급할 때 펴봐
야 도움을 얻을 수 있을 것이오."

후에 선비가 병을 얻어 죽게 되자 아들을 불러 소경 점장이의 비
책을 유언으로 남겼다.

아들이 혼기가 되어 재상집의 딸과 혼인을 하게 되었는데, 성례
를 하고나서 처갓집에서 물 한 모금 먹지도 않고 자지도 않았다. 처
가에서는 이를 무척 섭섭하게 생각하고 있던 중에 신부가 칼에 찔
려 죽는 일이 발생하여 집안이 온통 뒤집어졌다. 처갓집 식구들은
신랑의 범상치 않았던 행동에 무슨 곡절이 있다고 생각하여 그를
관가에 고소했다.

사또는 신랑을 잡아다가 형틀 앞에 꿇어앉혀 놓고 문초했다.

"신랑이 혼인날부터 처갓집에서 먹지도 자지도 않은 것은 의심
의 여지가 있다. 신부에게 해를 입힌 것이 그대의 소행이 분명하렷
다! 바른대로 말하거라."

아무런 말을 못하고 있자 형리들이 신랑을 형틀에 매고 주리를
틀려고 하자 다급해진 신랑은 아버지에게서 물려받은 소경 점쟁이
가 두고 간 그림을 꺼내어 사또에게 주면서 말했다.

"현명하신 사또시여, 이 그림을 보시고 판결을 내려 주옵소서."

그림을 펴보니 누런 종이에 개 세 마리가 그려 있었다. 한참 동안 생각에 잠겨 있던 사또는 무릎을 탁! 치고는 형리에게 말했다.

"색시 집에 가서 그 집 친척이나 문객, 또는 하인들 중에 황삼술이라는 자가 있거든 잡아 오너라."

마침 황삼술이라는 하인이 있어 사또 앞에 잡혀 왔다.

"네 죄는 네가 알 것이니 바른대로 말하렷다."

"죽을 죄를 지었습니다. 소인이 일찍이 그댁 색시와 정을 통하고 있어서 약속하기를 혼례를 치른 후 신랑을 죽이고 먼 곳으로 도망가서 살기로 했습니다. 그러나 신랑이 하룻밤도 자지 않고 음식이라고는 물조차 입에 대지 않으니 죽일 기회가 없었습니다. 이런 와중에 신부가 나와의 관계를 청산하고 새신랑과 떳떳하게 살겠다하니, 소인이 너무 분하여 그만……."

사또는 하인의 목에 큰칼을 씌워 가두고 신랑은 풀어 주었다. 소경 점쟁이의 그림에는 세 마리의 개가 그려져 있었는데, 현명한 사또가 제대로 해석하여 범인을 잡을 수 있었다.

사또는 그림을 그린 황지는 황가 성을 뜻한 것이고, 세 마리의 개는 삼이라는 이름의 윗글자와 십이지에서 개를 나타내는 이름 아랫글자 술戌자를 가리키는 것이라 판단했던 것이다.

소경의 명점과 사또의 지혜로움으로 선비의 귀한 아들은 생명을 지킬 수 있었다.

처녀 뱃사공

사공이 병을 앓아 눕자 과년한 딸이 대신 사공일을 하게 되었다.

한 총각이 강을 건너기 위해 배를 타고보니, 사공이 어여쁜 처녀인지라 농지거리를 했다.

"내 처녀 배를 타보기는 처음일세 그려."

처녀 뱃사공은 못들은 척하고 말이 없었다. 그러자 총각은 한 술 더 떴다.

"처녀 배가 들썩들썩 잘도 흔들어 주니 내 맘이 녹아버리네."

배가 나루에 닿자 총각이 배에서 내렸다. 처녀 뱃사공이 총각의 뒤꼭지에 대고 말했다.

"에라, 망나니! 환갑 전에 사람되기는 틀렸구나."

"당신이 웬 걱정이오?"

"네가 내 배에서 나왔으니, 어미된 내가 어찌 걱정을 안 하겠느냐?"

총각은 아무 말도 못했다.

좋다 말았다

나그네가 밤이 깊어 산중에 있는 작은 집의
문을 두드리게 되었다. 하룻밤만 재워 달라 청
했더니 남편이 출타 중이라 안 된다며 주인여자는
거절했다. 하늘에 달도 없는 밤이라 길을 잃을
까 염려된다며 다시 사정하니 여자는 사랑방
으로 안내했다.

나그네는 옷을 벗고 사랑방에 누워, 주인 여자
가 젊고 예쁘니 어쩌면 오늘밤에 객고를 풀 기회
가 있을지도 모른다고 즐거운 상상을 하고 있었다.

이때 또 다른 영감이 찾아와 하룻밤만 재워달라고
부탁했다. 주인여자는 영감을 데리고 사랑으로 가서
방문을 두드렸다.

"혼자 주무시기 외롭지 않으십니까?"

밖에서 들려오는 목소리가 아름다운 여주인의 것인지라 나그네
는 드디어 올 것이 왔구나 생각하고 두근거리는 가슴을 쓸어내렸다.

"쓸쓸하지만 어쩔 수 있나요."

주인 여자가 동침하자는 것이라 여긴 나그네는 속으로는 반가워
하면서도 겉으로는 적당히 능청을 떨었다. 그러나 주인 여자의 말
은 그게 아니었다.

"그럼 잘 되었습니다. 여기 길 잃은 영감님과 함께 주무시지요."

일은 꾀로 해야 한다

아들 없는 정승의 집에 양자로 들어온 아이가 공부하기는 싫어하고 놀기만 하여 생가로 파양을 당하게 되었다. 아이의 착한 성품을 아는 청지기는 마음이 섭섭하여 아이를 업고 가면서 말했다.

"도련님, 글만 잘 읽으면 대감님댁 재산이 모두 도련님 것이 될 뿐만 아니라 장래 벼슬도 할 수 있을 것인데 어찌하여 매일 장난질만 하다가 이리 쫓겨 가십니까?"

"누가 그것을 모르느냐? 하지만 만일 글을 읽기 시작하면 문고에 있는 그 많은 책을 다 읽어야 할 것 아니냐?"

청지기는 아이를 생가에 데려다 주고 돌아와서 그 이야기를 정승에게 아뢰자 정승이 말했다.

"사람은 기가 첫째이고 학문이 둘째인데, 그놈이 그런 말을 했다면 기가 살아 있어 장래성이 있으니 다시 데려오너라."

그러나 버릇으로 굳어진 장난이 하루아침에 고쳐지지는 않았다.

하루는 정승이 팥 한 말을 가져오게 한 후 아들에게 말했다.

"내가 지금 입궐하여 저녁에 돌아올 때까지 너는 이 팥의 갯수를 세어 놓아라. 만약 놀지 않고 열심히 센다면 분명 시간을 맞출 수 있을 게다."

그러나 아들은 여전히 놀기만 했다. 저녁 때가 다 되어서야 청지기에게 저울을 가져오게 하더니 팥 한줌을 세어 그 무게를 저울에 단 다음에 되로 담아 계산하여 한 말이 몇 개인지 쉽게 계산해냈다.

때마침 퇴궐하여 돌아온 정승에게 아들은 팥의 갯수를 말했다. 정승이 하도 기특하여 고생스러웠겠다며 칭찬했다.

"뭐, 별로 어렵지 않았습니다. 이러저러 해서 계산했더니 쉽게 답이 나오던 걸요."

이후로 정승은 아이의 노는 것에 대하여 나무라지 않았다.

아내의 바느질 솜씨

노총각이 젊은 여자를 아내로 맞았는데 살림 솜씨가 영 부실했다. 음식의 간은 소금탕이 아니면 맹탕이요, 청소는 아예 연중 행사인 줄로 알았다.

하루는 남편의 저고리 고름이 떨어져 바느질을 부탁하였더니 등 뒤에 달았다. 남편이 하도 어이가 없어 화를 내었더니 아내는 부끄러운 기색 하나 없이 말했다.

"바느질을 하다 보면 실수를 할 수도 있지, 그렇다고 그렇게 잔소리만 하고 짜증을 낸단 말이오?"

여자는 궁시렁거리면서 이번에는 고름을 겨드랑이 밑에 달았다. 남편은 하도 기가 막혀 허허 웃었다. 그러자 철없는 아내는 정말 잘해서 좋아 그러는 줄 알고 남편의 등을 어루만지며 말했다.

"남자가 체신머리도 없이 조금만 못해도 오만상을 찌푸리고 조금만 좋으면 허허 하니 비위 맞추기가 정말 어렵구려."

사람이 많이 다니는 길에는 풀이 안 난다

여자든 남자든 누구
나 나이가 들면 으레
사타구니에 숲이 무성
하게 되건만 딸아이의
그곳이 맨송맨송하여 고민
인 어머니가 있었다.

곧 시집도 가야 할
터인데 밖으로 소문
이라도 나면 어쩌나 하는 생각이 들어 밤잠도 오지 않았다. 딱히 의
논할 사람도 없어 속만 끓이다가 이웃 마을의 명의를 찾아갔다.

의사는 처녀의 얼굴을 보자 그녀가 많은 남자들과 정을 통한다는
소문의 여자임을 알아보고 싱긋이 웃으면서 말했다.

"그것은 걱정할 것 없습니다. 그러나 당분간은 통행 금지를 시키
는 것이 좋을 듯하네요."

"통행 금지라니요?"

"사람이 많이 다니는 길에는 풀이 자라지 않는 법이지요."

그제야 처녀의 어머니는 딸의 행동거지를 알고 단속했다.

저녁밥을 많이 하게 된 까닭

가을 저녁 나절 주인이 들에 갔다가 소나기를 맞아 집으로 옷을 갈아입으러 들어왔다. 젖은 옷을 갈아 입다가 갑자기 마음이 동하여 옆에 있던 아내를 쓰러뜨렸다.

한참 절정에 올라 즐기고 있을 때 계집종이 문 밖에서 주인 마님을 불렀다.

"마님, 저녁밥은 쌀 몇 되를 할까요?"

부인은 정신이 혼미하여 건성으로 대답했다.

"닷 되, 닷 되, 닷닷 되……."

계집종이 손가락을 꼽아 헤아려 보니 모두 합하여 두 말이라 밥을 한솥 가득히 했다.

일을 마친 부인은 식사 준비를 살피기 위해 부엌으로 갔다가 깜짝 놀라 물었다.

"웬 밥을 이렇게 많이 하였느냐?"

"마님께서 닷 되, 닷 되, 닷닷 되라 하시기에 그랬지요."

음모가 긴 아내

어떤 여자가 유별나게 음모가 길고 무성하여 부부관계를 할 때에는 반드시 먼저 손가락으로 가르마를 타야만 했다. 그렇지 않으면 남근이 길을 찾기가 어려웠다.

어느 날 밤에 술을 마신 남편이 아내의 음모를 가르마 꼬챙이로 헤치다가 실수로 살을 찔렀다. 아픔을 참지 못한 아내가 화를 내며 소리쳤다.

"그러게 술은 왜 마셔서 상처를 낸단 말이오. 옆집 박 씨는 가르지 않고도 잘만 하더구만……."

김세차 축문金歲次 祝文

안동安東 사는 류씨柳氏 선비가 하인과 함께 강원도 어느 산골을 가다가 날이 저물어 어느 민가에서 하룻밤 신세를 지게 되었다. 류 선비는 먼 산길을 걸어온지라 피곤하여 일찍 자려고 누웠다.

그때 갑자기 남자가 지필묵을 가지고 들어와 말했다.

"선비 어른께 부탁이 하나 있습니다."

"무슨 부탁이오?"

"오늘 밤이 저의 선친 제사이온데 축문과 지방을 써주실 수 있으십니까?"

류 선비는 축문과 지방을 써주면서 물었다.

"이것을 읽으실 수는 있소?"

"수고스러우시겠지만 읽어 주시면 감사하겠습니다."

"내가 지금 몹시 피곤하여 한잠 잘 터이니 제사 지낼 무렵에 깨우시면 일어나 읽어주리다."

하고 바로 누워 깊은 잠에 들었다. 자정이 되어 하인이 류 선비를 깨웠으나 여독으로 잔뜩 지쳤기에 일어나지 못하자 대신 축문을 읽고 나서 음복상을 들고 사랑방으로 들어왔다.

그제서야 선비가 잠에서 깨어났다.

"아뿔사, 내가 독축하기로 약속하고는 이제야 깨었구나."

"헤헤, 걱정 마십시오. 제가 대신 해주고 왔습니다."

"허허! 네가 축문을 읽을 줄 아느냐?"

"까막눈인 주인이 틀린지 맞는지 어찌 알겠습니까? 제가 대강 독축하고 나니까 잘했다며 이렇게 한 상 차려주던 걸요."

하인은 받아온 상을 자랑스럽게 내밀며 말했다.

"그래, 뭐라고 읽었느냐?"

하인은 목청을 가다듬고는 읽기 시작했다.

"김세차……."

"아니, 김세차라니!"

"이 집 주인 성이 김 가이옵기에……."

"예끼 이놈아! 유세차維歲次이지 김세차가 세상 천지에 어디 있다더냐!"

"나리님 댁이야 류 씨 집안이니 유세차이지만 이 집 주인은 김 씨니까 김세차 아닙니까?"

늙은 신랑

젊었을 때 혼자가 된 홀아비가 착하고 예쁜 여자를 만나 새장가를 들게 되었다. 그런데 자신의 나이가 너무 많아 신부 집에서 반대할 것이 염려되어 나이를 속이기로 했다.

장인은 새신랑감으로 찾아온 이가 머리가 백발인 것을 보고 깜짝 놀랐다.

"자네 나이가 몇인고?"

"이십사二十四요."

"이십사 세이면 어찌 그렇게 늙었는가?"

장인이 다시 묻자

"사십이四十二요."

라고 대답했다. 장인이 보기로 그 나이도 적다 여겨 다시 한 번 물었다.

"사십이 세도 실제 나이가 아니지?"

신랑은 장인의 시선을 피하여 작은 목소리로 말했다.

"사면四面이 이십二十이요."

"그러면 팔십이란 말인가!"

장인은 너무 놀라 말을 잇지 못했다.

2부
선행과 악행

악행은 그 사람이 죽고 난 뒤에도 남지만
선행은 그 사람의 뼈와 함께 묻혀진다.
     – 섹스피어 〈줄리어스 시저〉

수놈 벼락

대대로 사대부 집안으로 부족할 것 없이 살아가는 영감님이 있었다. 하지만 부인과의 잠자리가 언제고 불만이었던 영감은 젊은 계집종을 품고 싶은 생각이 간절했다.

하지만 아내가 워낙 드세고로 기회가 닿지 않았다.

어느 날 밤 생각이 동한 영감은 살금살금 젊은 계집종의 방으로 가다가 잠들어 있지 않았던 부인에게 들켰다.

"여기가 어디인데 당신이 무엇하러 오신단 말입니까?"

영감은 사대부 체면에 계집종의 방 앞에서 망신을 당한 것이 너무나 창피했다. 그래서 언제고 부인을 망신시키리라 마음먹고 기회만 보고 있었다.

그러던 어느 날 밤, 비바람이 불고 번갯불이 번쩍이며 천둥이 진동했다. 영감은 아내가 아직 잠들지 않았음을 확인하고 가만히 일어나 일부러 계집종의 방쪽으로 가는 척하다가 잽싸게 한쪽 기둥 뒤에 숨었다.

남편이 자다 말고 일어나 계집종의 방쪽으로 가기에 화가 난 부인은 뒤따라 갔다. 부인의 모습이 가까워지자 숨을 죽이고 있던 영감은 번개불이 번쩍 했다가 캄캄해지는 순간에 부인의 양 어깨를 탁 치면서 쓰러뜨리고는 재빨리 겁간을 하고 빠른 동작으로 안방으로 돌아와 잠을 자는 척했다.

난데없이 강간을 당한 부인은 분하기 짝이 없었으나 아무리 주변

을 살펴도 사람의 그림
자가 보이지 않는지라
인간의 짓이 아니라 벼
락의 소행이라 여겼다.
그러자 더욱 무서운 마음
이 들어 얼른 방으로 들어
와 이불 속으로 들어갔
다.
'벼락에도 수놈이 있네 그
랴. 아이구 이 일을 어쩌지…….'
　부인의 모습을 보고 영감은 기분이 좋았다. 그 후부터 번개가 치
는 밤이면 부인은 밖으로 나오지 않았고, 그때마다 영감은 계집종
과 즐길 수 있었다.

좆으로 왜놈 목을 친다

웃지 못할 실화 하나.

1943년, 일제가 제2차 세계대전에서 고전을 하던 때에 김아무개가 친구들과 술을 마시며 시국 이야기를 나누고 있었다.

"조선·지나(중국)·로시아(러시아)가 동맹하여 일본을 굴복시킨다 하던데……"

"일본이 가만히 당하고만 있겠소?"

이런저런 이야기를 나누다 보니 김아무개의 머릿속에 재미있는 말이 떠올랐다.

"야, 이거 육두문자로 하면, 좆으로(조·지·로) 왜놈 목을 친다는 말 아이가?"

우스개 소리로 한 말이 경찰에게까지 퍼져 김아무개는 3년형을 선고받고 복역하다가 8·15 해방을 맞아 출감했다.

시골 영감의 기차 타기

일제 강점기 시절, 기차가 보급된 지 얼마 되지 않았을 때의 이야기다. 충청북도 영동군 상촌 두메산골에 사는 영감이 영동에서 대전까지 기차를 처음 타게 되었다.

기차에 올라 먼저 문을 열고 짚신을 벗어 문밖에 두고 들어가 객실 바닥에 앉았다. 다른 사람들이 의자에 올라앉으라 권하기에 그리하고 보니 모두들 신발을 신고 있었다. 영감은 신발을 가지러 갔지만 이미 치워져 찾을 수 없어서 버선발로 돌아와 앉았다.

귀청이 떨어질 정도의 큰 쇠나팔 소리(기적)가 울리더니 기차가 움직였다. 영감은 뒤로 물러나며 없어지는 풍경들과 영동에서 대전까지 200리(50킬로미터)이건만 한 시간 삼십 분 밖에 걸리지 않은 것이 신기하기만 했다. 대전에서 내린 영감은 버선마저 벗고 맨발로 시가지로 가서 고무신을 사신고 볼일을 보았다.

양반 노릇

옛날 서울 동대문 밖에 알뜰하기로 소문난 강 백정이 살았다. 검소하고 부지런하여 돈을 많이 모았으나 토호질을 당할까봐 티를 내지 않았다.

하루는 성 안에 들어갔다가 윤 씨라는 양반이 현감으로 벼슬살이를 하다가 공금을 쓰고 갚지 못하여 파직당해 고생 중이라는 말을 듣고 돕고 싶은 생각이 들어 그날 밤에 현감댁을 찾아갔다.

신분에 차이가 있는지라 감히 방에는 들어가지 못하고 뜰에 서서 말했다.

"듣자하오니 현감 나리께서는 공금을 못 갚으시어 벼슬길을 그만두시었다면서요. 여기 돈을 드리겠사오니 해결하시지요."

윤 현감은 모르는 사람이 뜻밖에 많은 돈을 주어 고마운 마음에 방으로 들어오라 했지만 그는 한사코 사양했다.

"내 고마워서 그러네만 자네 이름이 무엇인가?"

"저는 성문 밖에 사는 강 백정이옵니다."

윤 현감은 그의 도움으로 다시 벼슬살이를 할 수 있게 되었다.

몇 년 후, 강 백정은 천대받는 백정 노릇이 너무나 싫어 단 하루를 살더라도 양반노릇을 하고 싶었다. 그래서 양반이 비교적 많지 않은 황해도 지방으로 가서 고래등 같은 기와집과 행랑채를 사고 하인도 부리면서 양반 노릇을 했다. 하지만 배운 것 없는 일자무식인지라 그곳 지방 양반들과 일절 접촉을 하지 않고 살았다.

그러다 공금을 청산한 윤 양반이 해주 목사가 되었다는 소문을 듣고 찾아갔다.

　　"잘 와주었소. 그때에는 내 자네에게 얼마나 고마웠는지 몰라. 그래 어찌 지냈소?"

　　"양반이 되어 사람 노릇을 하고 싶은 것이 소원이었기 때문에 서울을 떠나 이곳으로 왔지만 맹무식이라 양반들과는 만나지도 못하고 지내는 형편입니다."

　　"양반 노릇을 하려면 먼저 조상이 분명해야 하네. 그러니 본관本貫을 진주 강씨로 하고, 이름을 진주 강씨의 돌림자를 넣어 짓게. 무식한 것은 어렸을 때 여러 해 동안 병을 앓는 바람에 공부를 못했다 하면 될 걸세."

　　강 백정은 윤 목사가 일러준 대로 했다. 그런데 윤 목사와 교분이 있다는 소문이 나돌면서 그 지방에서는 강 생원이라 불렸다. 백정이나 상놈이 양반되기란 참으로 어려운 일이었다.

강생 많은 마님

박 진사의 부인 마님은 아침부터 걱정이 이만저만이 아니었다. 친정에서 다녀가라는 연락이 온고로 가기는 해야 하는데 아무래도 그 사이 춘순이와 남편이 정을 통할까 염려되었던 것이다.

한참을 고민하던 마님은 열 살 먹은 어린 여종에게 약과를 주면서 말했다.

"내가 며칠간 집을 비우는 사이에 진사님과 춘순이가 이상한 짓을 하는가 잘 보아 두었다가 내가 돌아오거든 알려다오."

삼일 후 친정에서 돌아온 마님은 어린 종아이에게 그 동안의 일을 물어보니 아니나 다를까 남편과 춘순이가 정을 통하는 것을 보았다는 것이었다.

화가 머리 끝까지 난 마님은 어린 종아이의 팔목을 잡고 사랑으로 들어갔다. 글을 읽고 있던 박 진사는 평소 하던대로 물었다.

"잘 다녀왔소? 그래 장인 장모께서도 평안하시던가요?"

얼렁뚱땅 넘기지 말아요. 닭 잡아 먹고 오리발을 내놓아도 다 안단 말이오."

"무슨 말인데……?"

부인은 종아이를 돌아보면서 말했다.

"너 똑똑히 말해라. 주인님이 춘순이년하고 무슨 짓을 했는지."

아이는 눈을 깜빡거리며 태연스레 말했다.

"언젠가 주인 어른이 안 계실 때 마님이 이웃 김마름네 머슴하고 하시던 그런 짓을 어르신께서도 춘순이하고 하시었어요."

"……."

"……."

번개같이 하는 서방질

동짓달 추운 날에 부부만 살고 있는 집에 지나가던 나그네가 하룻밤 묵어 가게 되었다.

주인 마누라가 보자니 나그네가 남편과는 비교도 안될 만큼 키도 장대하거니와 코도 크고 입술이 두툼한 것이 사내다워 첫눈에 마음이 쏠렸다. 한사발 가득 퍼주는 밥을 맛있게 먹는 모습을 보자니 더욱 마음이 동했다.

집이 단칸방이어서 아랫목에 주인 마누라가 눕고 중간에 주인이 눕고 웃목에 나그네가 누워 자게 되었다.

밤이 깊어 모두 잠들었으나 주인 마누라는 나그네의 손길이 그리워 잠을 이룰 수 없었다. 그래서 꾀를 내었다.

주인 마누라는 가만히 방문을 열고 나가서 외양간의 소를 사립 밖으로 내몬 후 사립문을 닫지 않고 방에 들어와 남편을 깨웠다.

"여보! 뒷간에 갔다가 오다 보니 소가 없어졌소. 도둑을 맞은 모양이오. 빨리 나가 찾아보시오."

남편은 놀라 밖으로 뛰쳐나갔다. 주인 마누라는 얼른 나그네의

93

품에 안기며 소리쳤다.

"빨리 빨리해요."

"시간이 있을까요?"

"글쎄, 어서 빨리 하라니까요."

주인 마누라는 남편의 작은 것과는 달리 큼직한 물건의 나그네와 한몸뚱이가 되어 마냥 즐겼다.

일이 끝나자 그제서야 남편이 외양간에 소를 매어 놓고 방으로 들어왔다.

"소를 찾았군요."

"응, 골목에 있기에 몰고 왔지."

"잘 되었네요."

"잘 되었지."

남편은 아무것도 모르는 채 다시 잠에 들었다.

입이 몇 개냐?

딸만 셋을 둔 가난한 선비가 살았다. 세 딸들의 인물이 모두 뛰어나게 아름다운지라 탐을 내는 이가 많았는데, 그 중에서도 그 고을에 새로 부임한 사또가 유난했다.

선비는 목구멍이 도둑인지라 논밭을 사주는 조건으로 딸 하나를 소실로 달라는 사또의 청을 허락하였지만 그 이야기를 딸에게는 차마 말하지 못하고 속으로만 고민만 하고 있었다. 그런데 딸들은 눈치를 채고 셋이 서로 자진하여 나섰기 때문에 사또가 한 명을 선택하기로 했다.

먼저 맏딸을 불렀다.

"너는 입이 몇 개 있느냐?"

"아래 위에 두 개가 있습니다."

"그러면 어느 것이 나이가 더 많으냐?"

"아랫 것이 더 많습니다."

"무엇을 보고 알 수 있느냐?"

"아랫 것은 수염이 났으니까요."

다음은 둘째딸이었다.

"너는 입이 몇 개 있느냐?"

"아래 위에 두 개가 있습니다."

"나이는 어느 것이 더 많으냐?"

"위의 것은 이가 났으니 나이가 더 많습니다."

마지막으로 셋째딸을 불렀다.

"너도 아래 위에 입이 두 개냐?"

"그러하옵니다."

"그러면 나이는 어느 쪽이 더 많으냐?"

"아랫 것은 아직도 젖을 빨고 싶어하오니 더 어린 줄로 압니다."

사또는 두 말 없이 셋째 딸을 소실로 삼았다.

해탈한 스님

어느 절에 부처님의 가르침을 성실히 지킨다고 호언장담하는 스님이 있었다. 신도들은 그런 스님을 존경하고 따랐다.

어느 날, 신도 한 사람이 저자에서 스님을 만났다. 반가운 김에 신도가 가까이 다가갔다.

"스님, 무슨 일로 내려오셨는지요?"

"몇 가지 필요한 것이 있어 사러 나왔습니다."

그런데 스님의 가사 소매자락 끝으로 술병 주둥이가 나와 있는 것이 남자의 눈에 보였다.

"스님, 소매 속에 있는 것이 무엇입니까?"

"곡차입니다. 중은 술은 먹지 않아도 곡차는 마시지요."

"그럼 곡차를 드실 때 고기 안주는 드십니까?"

"부처님 말씀에 고기 맛이 마른 나무 껍질 맛이 나면 먹어도 된다 하셨습니다. 소승도 고기 맛이 이와 같기에 먹습니다."

"혹여 여자와는 가까이 하시지 않습니까?"

스님은 심각한 표정이 되어 대답했다.

"부처님 말씀에 여자와 함께 누워도 네 몸이 송장과 같거든 함께 잠자리에 들어도 무방하다고 했습니다. 그러므로 소승도 처첩을 거느리고 있지요."

남자는 부처의 가르침대로 생활하는 스님의 모습에 감동했다.

"스님이야말로 정말 해탈한 고승이시옵니다."

부인에게 주었네만……

지독한 구두쇠가 친구의 소실에게 한눈에 반해 버렸다. 기생 출신인 소실도 말끝에 웃음을 흘리는 것을 보니 싫지는 않은 듯했다.

구두쇠는 심부름하는 아이를 보내어 소실에게 만나기를 청했지만 옷을 장만하겠다며 은근히 시일만 계속 미루었다. 구두쇠는 기다리려니 애가 타고, 그렇다고 옷을 사주려니 아까운 생각이 들어 고민이 이만저만이 아니었다.

이리저리 방바닥을 뒹굴다가 번뜩 좋은 방법이 떠올랐다.

구두쇠는 옷을 챙겨 입고는 친구의 큰마누라 집으로 갔다. 마침 친구는 사랑방에 있었다.

"여보게! 나, 돈 백 냥만 꾸어 주시게. 닷새 안에 줌세."

"꾸어 주는 것이야 어려울 것이 없지만, 갑자기 무슨 일인가?"

"내 약속은 잘 지킬 터이니 긴 말 마시고……."

구두쇠는 그 돈을 친구의 소실에게 가져다 주고 통정을 했다.

열흘이 지나고 구두쇠와 친구가 만났다.

"자네 돈 백 냥은 언제 줄 건가?"

"아니, 이미 자네 작은 부인에게 전해 주었는데 말하지 않던가?"

"그랬는가? 내가 지방에 다녀올 일이 있어서 안사람을 한동안 만나지 못했다네. 어쨌거나 갚았으면 됐지……."

이렇게 하여 구두쇠는 공짜로 오입질을 했다.

밀가루 맛이 다르다

부부가 함께 일하는 방앗간이 있었다. 하루는 산 너머로 밀가루를 배달해야 했다. 하지만 아내는 산너머 동네에 예쁜 여자가 하는 술집이 있어 걱정이 많았다. 바람끼가 다분한 남편 때문이었다.

아내는 남편에게 미리 다짐을 받긴 하였지만 불안한 마음이 들어 남편의 남근에 밀가루를 듬뿍 칠했다.

"이 밀가루 바르는 이유, 알지요?"

그러나 남편은 밀가루를 배달해 준 후, 그 술집에 들러 술도 마시고 오입질도 한 다음 남근에 다시 밀가루를 묻히고 집으로 돌아왔다.

"그 여자네 술집에 갔었소?"

"목이나 축일까 해서 잠시 들렀지. 하지만 오입질은 하지 않았소."

그러자 아내는 남편의 남근을 꺼내게 한 후 손가락으로 밀가루를 찍어 입에 대보더니 소리쳤다.

"이 능청스런 인간아, 내가 칠한 가루는 소금을 섞어서 짠맛이 나야 하는데 이것은 맨가루이구만. 그래도 나를 속이려고 해?"

"아……, 그랬었나!"

바보의 첫날밤

강원도 산골에 바보가 하나 살았다. 그런데 이 바보가 어느덧 나이가 차서 장가를 들게 되었다. 소문이 인근에 퍼지자 벌써부터 이웃에서는 수군수군 야단들이었다.

"그 바보가 첫날밤을 어떻게 치룰까? 정말 볼만할 꺼야."

이렇게 되니 그 부모되는 사람은 여간 걱정이 되지 않았다. 마침내 장가드는 날 아버지는 아들을 불러서 교육을 했다.

"잘 듣거라. 너도 이젠 오늘로 장가를 든다. 아내를 맞는 것은 꼭 부엌일을 시키기 위해서만이 아니다. 거, 남자와 여자는 다른 데가 있지 않니? 응, 그래! 바로 그거 말이다. 한길에서 멍멍이들이 하는 것처럼 그렇게 하면 되는 게야. 알았지?"

"아배야, 알았다. 걱정 마아."

다음 날 아침, 걱정스러운 색시의 어머니가 넌지시 딸을 떠봤다.

"신랑이 좀 별나지 않겠수. 나를 엎드려 놓고 뒤를 한참 끙끙대더니 다음엔 네 발로 기어가서는 벽에다 대고 한 쪽 다리를 쳐들고 오줌을 싸잖아."

피차일반

결혼한 지 한 달밖에 안 된 부부가 있었다. 사랑하는 마음도 컸지만 그보다는 누가 주도권을 쥐느냐를 가지고 기싸움을 벌였다.

밤마다 새신랑은 고주망태가 되어서는 늦게 귀가했다. 그리고는 바닥에 대자로 드러누워 아내가 일일이 옷을 벗기고 씻기어 주기만을 기다렸다. 새댁은 하루 이틀은 참았지만 연일 계속되는 신랑의 행동에 화가 났다. 그래서 다음 날은 남편이 오기 전에 곡주를 잔뜩 퍼마시고는 먼저 자리에 누워 있었다. 남편이 방에 들어와 보니 온통 술냄새가 진동하고 안주로 먹었던 김치 보시기에 파리가 윙윙 소리내며 날아다니고 있었다.

화가 난 신랑은 자고 있는 아내를 깨웠다.

"지금 뭐하는 짓이오? 방 안에 온통 술냄새가 진동을 하는구만."

얼굴이 붉으락 푸르락하며 흥분하는 남편을 본 새댁이 덤볐다.

"좋아요! 그렇다면 내일 친정으로 가버릴 테니 알아서 해요!"

아내의 강수에 새신랑도 맞불을 놓았다.

"그거 잘 되었소, 나도 아이 있는 아내에게로 가면 그만이니까."

새댁은 눈을 희번덕 크게 뜨고 흘겼다. 신랑은 금세 말도 못했다.

무식한 학자님 자제

덕망 높은 학자님에게 늦게 둔 아들이 하나 있었다. 몸이 약하여 어릴 때부터 금이야 옥이야 기르기는 했으나 때맞추어 공부를 가르치지 못했다. 나이가 스물이 넘어 장가를 보내게 되었지만 아들이 너무 무식한고로 혹여 집안 망신이나 시키지 않을까 걱정이 태산이었다.

"아들아, 너도 알다시피 우리 집안은 대대로 내려오는 학자 집안이다. 네가 어쩌다가 공부를 못하긴 했어도 머리가 원래 나쁘지는 않을 터이니 오늘부터 문자 몇 개만 배워가지고 처남들 앞에서 쓰도록 하여라."

아버지는 학자의 자제가 무식하다고 소문이 나면 큰 수치가 될 것 같아 문자 몇 개를 가르쳐 주었다.

"결혼식이 끝난 뒤 잔치 때 처남들 중에서 떠드는 사람이 있거든 '옛말에 식사 중에는 말하지 않는다는 식불언食不言이라는 말이 있으니 식사가 다 끝나고 나서 말하자'고 하거라."

아들은 식불언이라는 말을 되뇌었다.

"저녁 먹고 여러 처남들과 이야기할 때에 그 중에서 베개를 높이 베고 누워 있는 사람이 있거든 '옛말에 베개를 높이 베면 오래 살지 못한다는 고침단명高枕短命이라는 말이 있다'고 해라. 그리고 이런 문자가 어디에 있냐고 묻거든 논어論語에 있다고 말해 주어라."

드디어 결혼식 날이 되었다. 잔칫상에서 처남들이 떠들자 신랑은 아버지가 해준 말이 생각나서 큰소리로 말했다.

"옛말에 식사 중에는 말하지 말라고 씹불언이라 하였는데 무슨 말들이 그리 많은가?"

처남들은 신랑의 해괴한 문자에 킥킥거렸다.

저녁상을 물리고 처남들과 이야기를 나누는데 한 처남이 베개를 높게 하고 눕자 말했다.

"이 사람아 베개를 높이 베면 오래 살지 못한다는 고추 닷 말이라는 말도 모르는가?"

처남들은 매부가 또 이상한 문자를 쓰기에 물었다.

"매부, 그런 문자는 대체 어디에 있습니까?"

신랑은 자신있게 말했다.

"허허! 논둑에 있는 것도 모르나?"

신랑의 말에 집안 사람들 모두 박장대소를 했다.

덕분에 살아 돌아왔지요

맷집이라면 자신 있어 하는, 그러나 조금은 모자라는 사내가 있었다. 조상으로부터 물려받은 전답은 없지만 건강한 육체가 있어 항상 감사하는 마음으로 살았다.

그는 죄를 지은 양반을 대신해서 한 대에 한 냥씩 매값을 받고 볼기를 맞았다. 그 벌이가 쏠쏠하여 아픈 것도 아랑곳 않았지만 이번에는 백 대를 맞아야 하기에 고민스러웠다. 백 냥이면 적지 않은 돈이라 욕심이 났지만 한동안 뒷간 가기도 어려울 것 같아 염려스러웠다.

그러나 결국에는 매값을 받고서 관가로 갔다. 누워서 두 장정이 번갈아 가면서 내리치는 몽둥이를 엉덩이로 받아내는데 오십 대가 넘어가자 하늘이 노랗고 죽을 것만 같았다.

"잠시만 기다려 주시오. 내 이러다가는 죽을 것 같소. 잠시 똥이라도 누고 오도록 해주시오."

사내는 형리를 살짝 뒷간 곁으로 불러 맷값 받은 백 냥을 주고는

104

도망하다시피 풀려나와 바로 양반집으로 갔다.

"덕분에 이렇게 살아 돌아왔습니다. 만일 백 냥이 없었다면 꼼짝
없이 죽을 것인데……. 다음 번에는 매를 몇 번에 나누어서 맞게 해
주십시오. 한꺼번에 백 대를 맞으려니 너무 아파서요."

무식을 모면하는 방법

충북 보은에 김철권이라는 도박판을 전전하는 건달이 있었는데 인물 좋고, 힘도 세며, 언변이 좋았다. 다만 어릴적 가난한 집안 형편 때문에 정식 교육을 받지 못해 까막눈이었다.

그가 친구와 함께 전라도를 가려고 대전정거장 대합실에서 버스를 기다리고 있었다. 친구가 화장실에 가느라고 보던 신문을 놓고 갔는데 김건달이 다른 사람들처럼 신문을 집어들고 보는 척했다.

"저기, 어르신! 신문을 거꾸로 보시고 있습니다."

앞에 앉은 젊은이가 말했다.

"너 보라고 일부로 거꾸로 든 것이다."

하고는 신문을 놓고 정거장 뒤켠으로 갔다. 그러자 어떤 촌사람이 편지 겉봉을 들고서 다가와 물었다.

"선생, 여기를 가려고 하는데 주소 좀 봐주시오. 역에서 멀지 않다고는 했는데 초행길이라 잘 모르겠어서……."

김건달은 주소가 적힌 편지 겉봉을 보지도 않고 대뜸 말했다.

"당신 어디 사시오?"

"전라도 임실 삽니다."

"옛끼 이 사람아. 나는 전라도 사람하고는 상대를 하지 않소."

그는 임기응변으로 무식한 것을 들키지 않을 수 있었다.

처녀를 죽게 한 수줍은 사나이

전라도 정읍 현감의 아들 김영은 성품이 나약했다. 어릴 적부터 동네 친구들에게 얻어터지기 일쑤였고, 조금만 어려운 일이 생겨도 엄마 치마폭으로 달려오곤 했다.

나이가 들어서도 성품은 변함이 없어 주변 사람들을 어렵게 하기도 했다.

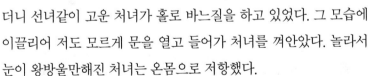

서울을 가는 도중 날이 저물어 교생(敎生: 향교의 심부름꾼)의 집에서 하룻밤 묵게 되었다. 잠자리가 바뀌어서인지 쉽게 잠들지 못한 김영은 옆방에 불이 켜져 있기에 침을 발라 구멍을 뚫고 보았더니 선녀같이 고운 처녀가 홀로 바느질을 하고 있었다. 그 모습에 이끌리어 저도 모르게 문을 열고 들어가 처녀를 껴안았다. 놀라서 눈이 왕방울만해진 처녀는 온몸으로 저항했다.

서로 밀고 당기며 실랑이를 벌이는 사이 밤은 깊어갔고, 지친 처녀는 몸의 기운을 뺐다. 그러자 김영도 처녀의 손을 놓고 조용히 앉았다.

"제가 비록 천한 몸이지만 예의에 어긋나는 짓은 죽어도 할 수 없습니다. 이미 서로 몸을 접촉한 이상 다른 데로 시집을 갈 수도 없게 되었으니 내일 우리 아버지께 허락을 받으십시오. 나는 교생의 딸이기 때문에 첩으로 달라고 하여도 허락하실 수밖에 없을 겁니다. 이와같이 예를 갖춘 다음에 저를 취하신다면 제가 정성을 다해 종신토록 모시겠습니다."

"내일 그대로 하겠으니 우선 오늘밤 나와 함께 새웁시다."

"저는 부모님 허락 없이는 음탕한 행동을 하지 않으렵니다. 만일 억지로 겁탈을 한다면 이 자리에서 죽겠습니다."

소심한 김영은 덜컥 겁이 났다. 그래서 다음 날 아버지께 허락을 받겠다고 약속하고 방을 나오긴 했으나 처녀의 얼굴이 아른거려 잠이 오지 않았다.

다음 날 서울로 떠나기 전에 교생에게 말하려고 몇 번이나 시도했지만 마음이 약해 차마 못하고 훗날을 기약하며 떠났다.

서울에서의 볼일이 끝나고 집으로 가는 길에 처녀의 모습이 아른거려 또다시 교생집에 들렀다. 밤이 되어 다시 처녀의 방으로 가서 끌어안고 겁탈을 하려 하니 약속을 지키지 않았다며 냉정하게 저항했다. 김영은 다음날도 머뭇거리기만 하고 또다시 말도 못한 채 집으로 돌아갔다.

십여 일 후 다시 서울로 가는 길에 교생집에 들렀다.

"왜 우리 아버지께는 말 한마디 못하면서 겁탈만 하려드십니까?"

"말하려고 하면 가슴이 방망이 치고 얼굴이 붉어진다오. 그대가 대신 말할 수는 없겠소?"

"남자가 못하는 말을 여자가 하라는 말입니까?"

처녀의 항의에 아무 대꾸도 못한 김영은 다음 날도 교생의 방 앞까지 갔으나 말을 못하고 서울로 떠났다. 서울에서 볼일을 마치고 돌아오는 길에 김영은 다시 교생의 집으로 갔다. 그런데 교생의 얼굴에 비통함이 어려 있기에 까닭을 물었다.

"내 딸에게 청혼이 들어와서 혼인 날짜를 받아 놓았더니 그날 밤 목을 매고 죽었다오."

김영은 이 말을 듣고 통곡했다.

노력도 않고 저절로 일이 잘 해결되기를 바라는 사람은 당연히 실패한다.

자전거 타기

자전거가 일반화되지 않았을 때였다. 김 씨는 어렵사리 돈을 모아 자전거를 샀다. 두 개의 바퀴 위에 놓여진 작은 의자에 앉아 페달을 밟으면 앞으로 간다는 그 물건이 마냥 신기하여 동네 사람들이 모두 찾아와 구경을 했다.

김 씨는 자전거 타기 연습을 하는데 생각만큼 쉽지가 않았다. 조금만 한쪽 편으로 몸이 쏠린다 싶으면 여지없이 땅바닥으로 넘어지기 일쑤였다. 페탈을 밟고 신나게 동네를 달리고픈 마음에 상처가 나도 아픈 줄을 몰랐다.

탔다가 넘어지고, 다시 타고 넘어지고…… 두 개의 둥근 바퀴는 뜻대로 되지 않았다. 몇 번이나 넘어지는 손자의 모습을 보고 있던 할아버지가 한 마디 했다.

"애야! 그 기계도 마음이라는 게 있을 건데 계속 올라타자고만 하면 좋다 하겠냐? 먹을 것도 주고 달래야지. 그만 귀찮게 하려무나. 저 나름대로 성질머리가 나서 그러나본데 하지만 그놈 심보 한번 고약하다. 어째 우리 손자 무릎이 까지도록 한번도 등 위에 제대로 안올려 줄까 잉?"

옆에서 구경하던 사람들이 어른 말씀이라 웃음을 억지로 참았다.

머리 위의 손님

식구들 입에 음식 들어가는 것도 아까워하는 부자 영감이 있었다. 방문객들에게 사용되는 접대비가 신경쓰여 고민하다가 묘안이 떠올라 하인들을 불렀다.

"앞으로는 손님을 상중하 세 등급으로 나누어 접대하되 내가 머리를 만지면 상급이요, 코를 만지면 중급이고, 수염을 만지면 하급이다. 이에 맞추어 손님 상을 차리거라."

어느 날 반갑지 않은 손님이 찾아왔다. 영감은 하급 손님으로 상차림을 준비시키기 위해 수염을 쓰다듬으면서 종을 불렀다.

그때 갑자기 벌 한 마리가 창문을 통해 들어와 영감의 머리 위에서 맴돌았다. 영감은 쏘일 것이 두려워 손으로 이리저리 벌을 쫓고 있는데 그때 마침 문을 열고 들어온 여종이 그 모습을 보았다.

"그래, 어느 등급의 손님이더냐?"

부인의 물음에 여종은 머리 위에서 손사래치던 모습을 생각하며 대답했다.

"머리 위의 손님이었습니다."

"상급보다 높다면 특급이라는 말이구나. 귀한 손님인 것 같으니 정성을 다해 준비하거라."

이렇게 하여 손님은 후대를 받았고, 인색한 주인 영감은 배앓이를 했다.

위로

남편을 잃은 한 여자가 절로 재를 올리러 와서는 어찌나 슬프게
우는지 곁에서 지켜보던 노승이 딱하게 여겨 위로의 말을 건넸다.

"그처럼 지극하시던 바깥 양반을 잃으셨으니 오죽하시겠습니
까? 그렇지만 이제 그만 우십시오. 돌아가신 분은 극락세계로 가셔
서 편안히 계시겠거니와 부인께서도 아직 젊으시니까 차차 새로운
인생이 열릴 것입니다."

하지만 여인은 울음을 그치지 않았다. 노승은 말로만 위로해서는
안되겠다 싶어 여인을 뒷방으로 데리고 가서 몇 번이나 계속하여
몸으로 위로해 주었다.

여인은 마다 않고 노승의 위로를 다 받았다. 그런데도 계속 울음
을 그치지 않자 녹초가 된 노승이 일어서며 말했다.

"나는 이제 더 이상 부인을 위로해 드릴 힘이 없으니 대신 젊은
상노를 들여보내드리리다."

여 씨呂氏와 백 씨白氏

말장난하기 좋아하는 여 씨呂氏와 백 씨白氏가 오랜만에 만났다.
이들은 무슨 이야기로 상대방을 웃길까 고민하다가 이름을 가지고
장난을 쳤다.

"자네 성은 백百에서 하나가 모자라니 구십구가九十九哥인데 왜 백
가라고 하나?"

불시에 습격을 받은 백 씨는 잠시 후에 되물었다.

"그럼, 자네는 여 가呂哥이니 입이 위 아래에 있는 여자女子가 아닌
가? 그러니 계집여 자 여 가女哥인데 왜 성여 자 여 가呂哥라고 하는
가?"

"……?"

계집질

천석꾼 부자 영감이 어찌나 여색을 밝히는지 젊고 아름다운 이웃 소작인의 아내를 본 이후부터 야심을 품고 시시탐탐 기회만 노리고 있었다.

이런 영감의 마음을 소작인도 알고 있는지라 영감을 혼내줄 기회만 엿보다가 좋은 생각이 떠올라 아내와 함께 계획을 짰다.

소작인은 아침 일찍 영감을 찾아가 적당히 핑계를 대고 사흘간의 시간을 허락해 달라고 했다. 영감은 이때다 싶어 얼른 허락해주고 그날 밤 식구들이 잠들기를 기다렸다가 담을 넘어 소작인의 집으로 갔다. 여인이 혼자 있는 것을 확인한 영감은 방으로 들어가 껴안고 굴렀다.

이미 영감이 올 것을 알았던 여인은 이부자리를 깔고 눕자며 시간을 벌었다. 막 이불을 펼려는 찰나 사립문 여는 소리가 들리면서 남편의 목소리가 들렸다.

"여보 나 왔소! 그새 자는 거요?"

여자는 급히 장롱문을 열고 영감을 밀어넣었다.

"사흘 가량 걸린다더니 왜 그리 빨리 오셨어요?"

여인은 눈을 찡긋 거리며 장롱을 손으로 가리켰다. 남편은 고개를 끄덕이며 회심의 미소를 지어 보였다.

"길을 가다가 장터 들머리 정자에서 여러 사람들이 점쟁이한테 점을 보고 있는데 모두들 족집게 점이라 하기에 나도 점을 쳤지. 그랬더니 우리가 가난한 게 저놈의 장롱 때문이니 태워 버려야 한다 잖소. 그래서 이왕이면 빨리 없애는 것이 좋겠다 싶어 이리 서둘러 돌아왔지."

"오늘은 밤이 깊었으니 내일 밝은 날 태웁시다."

"아니오, 내가 당신 고생시키는 이유가 저놈의 장롱 때문이라는 데 당장 태워야겠소."

소작인은 장롱을 마당으로 끌어낸 후 장작을 쌓고 불을 지폈다.

"여보! 농 안의 옷이나 내놓고 태웁시다."

"아니여, 재수없는 옷이니 하나도 남김없이 다 태워버려야 돼!"

장롱 안에서 이 말을 듣고 있던 영감은 하얗게 질려 더 이상 체면을 찾을 경황이 없었다.

"이 사람아, 나여 나…… 잠깐만 참게……."

영감이 장롱 문을 부수고 나왔다.

"아니, 영감마님! 이게 어떻게 된 일입니까?"

영감은 얼른 소작인의 손을 잡고 애원했다.

"여보게! 자네가 부치는 논 열닷마지기 다 줄 터이니 용서하고 오늘 일은 없던 일로 하세."

소작인은 속으로는 일이 계획대로 진행되어 기분이 좋았으나 긴 한숨만 쉬는 척했고 영감은 터덜터덜 걸어서 집으로 돌아갔다..

먹자는 놈은 못당해

신혼부부의 집에 남편의 손님이 찾아왔다. 술을 대접하고 이야기를 나누다 보니 어느덧 밤이 되었는데도 친구가 돌아갈 생각을 하지 않자 남편은 부인에게 미안한 마음이 들었다.

"오늘 정말이지 너무 즐거웠네. 다음에는 좀더 이른 시간에 오게나. 얼마 마시지도 않았는데 벌써 해가 져버렸군!"

"그러게 말이야. 시간이 정말 빨리도 가는구만."

친구는 여전히 술잔을 기울였다. 부엌에서는 요란스럽게 그릇을 닦는 소리가 들려왔고 남편은 더욱 마음이 조급해졌다.

때마침 검은 구름이 몰려들어 천둥소리가 나기에 주인은 친구를 쫓아 보내기 위해 넌즈시 암시했다.

"비가 올 것 같은데 얼른 가지 않으면 비맞지 않을까?"

"그럼 기왕 집에 못갈 바에야 비가 그칠 때까지 술이나 먹으면서 기다려야지 별 수 있나?"

친구는 잘되었다 싶은지 콧노래까지 불렀다. 주인은 반대로 말을 하면 가려나 싶어서 다시 창 밖을 보며 말했다.

"먹구름이 서쪽으로 가는 것을 보니 비는 오지 않으려는 모양이네."

"그래? 비가 안 오면 마음 놓고 더 마셔도 되겠군!"

친구는 주인의 잔에도 술을 따르며 마냥 좋아했다.

고지식한 김백곡

서당 훈장 김백곡金白谷이가 친기(親忌:부모의 제사)가 있어 집에 다니러 나섰다. 학부모들이 사례금으로 모아 준 엽전꾸러미를 어개에 메고 가다고 냇물을 만났는데 지난 밤 내린 비에 물이 많이 불어 있었다.

돈꾸러미를 어깨에 메고 건너려니 무겁기도 하고, 걷어올린 두루마기 간수하기도 버거워 몇 번이나 내를 건너려다 포기했다.

그는 생각 끝에 백사장에 돈을 묻었다. 그리고는 백사장이 넓어 돈을 숨겨둔 곳을 찾지 못할까 염려되어 나무토막에 '김백곡매전소(金百谷埋錢所:김백곡이 돈을 묻은 곳)'라 적어서 꽂아 둔 다음 집으로 돌아와 하인을 불렀다.

"너, 내 건너 백사장에 있는 돈을 파오너라. 알아보기 쉽게 푯말을 세웠으니 쉽게 찾을 수 있을 게다."

잠시 후 하인이 나무토박을 들고 헐레벌떡 뛰어왔다.

"돈은 파가고 이것만 남아 있던뎁쇼."

훈장은 기가 막혀 어찌할 바를 몰랐다.

"내 분명히 김백곡의 것이라고 분명하게 써두었건만 남의 돈을 가져가다니 고약한 놈도 있구나."

북쪽 하늘에는 구름 한 점이 정처없이 떠가고 있었다.

원님놀이 아이의 명판결名判決

어사 박문수(御史 朴文秀:1691~1756)가 전라도 지방을 순찰하던 중에 어느 고개마루에서 잠시 쉬고 있을 때였다. 어떤 사내가 헐떡거리며 뛰어와서는 박문수에게 도움을 청했다.

"사람 좀 살려 주시오. 나를 죽이려고 뒤쫓아오는 놈이 있으니 좀 도와 주시오."

박문수는 길 옆에 있는 숲 속에 숨으라고 했다. 곧 칼을 든 무섭게 생긴 놈이 달려왔다.

"방금 여기로 온 놈, 어디 갔소?"

"모르오."

"이놈아! 방금 왔는데 못보았다니! 죽고 싶은 게로구나!"

커다란 칼을 들어 찌르려 들자 박문수는 생명의 위협을 느껴 할 수 없이 숨어 있는 곳을 알려 주었고, 사내는 죽고 말았다.

박문수는 고개마루를 내려오면서 어떻게 했어야 그 사내를 구할 수 있었을까 생각했다. 하지만 좋은 방법이 생각나지 않았다.

마을 가까이 왔을 때 서당 아이들 대여섯 명이 점심을 먹고 나무

밑에서 놀이를 하고 있었다.

"우리 원님놀이나 하자."

한 아이의 의견에 모두들 찬성했다.

"그러면 나는 원님이 되고 너는 이방吏房, 너는 형리刑吏, 그리고 너희는 제소인提訴人이야."

각자의 배역이 정해지자 원님은 상석에 앉고 이방과 형리는 원님의 좌우에 섰다. 제소인이 원님 앞에 무릎을 꿇고 앉더니 곧 놀이가 시작되었다.

"너의 제소提訴 내용이 무엇이냐?"

"아뢰옵기 죄송하오나 좀 어려운 문제이옵니다. 어버이를 죽인 자를 죽여서 원수를 갚는 것이 자식된 도리인지요?"

"그야 당연한 일이지."

"그러면 원님 아버지께서 저의 아비를 죽인 것도 마땅히 원수를 갚아야 하지 않겠습니까?"

"음, 그것은 사정이 좀 다르니라. 원이란 그 고을 백성의 어버이기 때문에 원의 아버지는 백성의 할아버지에 해당되는데 설혹 할아버지가 실수를 하였다 해도 어떻게 손자가 할아버지를 원수로 삼을 수 있단 말이냐? 불가하다. 그러니 물러가거라."

"예, 알았습니다."

옆에서 보고 있던 박문수가 생각하기에도 어린 원의 판결이 너무도 명판결이었다. 하여 어린 원님 앞에 가서 무릎을 꿇고 절했다.

"소생도 제소가 있습니다."

"무슨 일인고……."

120 "예, 소생이 어느 고개를 넘어오는데 어떤 사내가 쫓기는 형편이

니 살려달라 하기에 숲 속에 숨으라고 하였는데 이내 뒤따라오던 칼든 놈이 저보고 방금 지나간 사람을 못보았느냐 물었습니다. 못 보았다고 했더니 거짓으로 말한다며 칼을 들어 찌르려 하기에 어 쩔 수 없이 가르쳐 주었고, 사내는 죽었습니다. 이때 어떻게 하였으 면 그 사람을 구할 수 있었겠습니까?"

"그때 옷차림은 어떠했는가?"

"이대로입니다."

"엣끼, 이 사람아! 지팡이가 있으니 눈을 감고 있으면 봉사인 줄 알고 묻지 않았거나 묻는다 해도 모른다면 그만이었을 것 아닌가?"

"아하! 과연 그러하옵니다."

박문수는 물러나오면서 어린 원님의 판결에 다시 한번 감탄했다.

박문수는 여러 지역에 퍼져 있던 나졸들과 만나 고개마루에서 살 인을 저지른 범죄자의 뒷조사를 했다. 그 사연인즉 이러했다.

피해자는 과거에 천석꾼이었고 가해자는 그 집에서 일하던 하인 이었다. 그런데 그 하인이 주인집의 재물을 빼돌리기 시작했다. 결 국 큰 부자였던 집이 하루 아침에 망하게 되었고, 주인의 재산을 빼 돌린 하인은 도망하여 타관에서 양반 행세를 하며 배불리 지냈다. 그렇게 지내던 중에 옛 주인이 찾아오자 자신의 신분이 탄로날까 염려되어 죽였던 것이다.

모든 정황을 알게 된 박문수는 어사 출두를 알리게 했다. 그리고 는 가해자의 재산은 몰수하여 피해자의 가족들에게 돌려주고, 망 자의 영혼을 위로하도록 조처했다. 또한 마을에서 원놀이를 하던 아이의 아버지를 불러 아이의 공부는 관에서 학자금을 주어 계속 할 수 있게 하고 떠났다. 그 아이는 후에 훌륭한 원님이 되었다.

임기응변臨機應變

옛날 전라도에 고부리라는 말 잘하는 사람이 있었다. 그는 팥으로 메주를 쑨다 해도 믿을 만큼 다른 사람들의 마음을 움직이는 능력이 있었다. 다만 여자에게 약한 것이 한 가지 흠이었다.

하루는 한양에 볼 일이 있어 길을 나섰는데, 수원 부근에서 서울 산다는 어여쁜 여자와 동행이 되었다. 먼 여행길을 심심하지 않게 걸을 수 있어 참으로 기분이 좋았다. 시흥에 닿자 어느덧 날이 저물었다. 그러자 여자가 먼저 제안했다.

"저기 큰 기와집에 함께 가서 부부라고 말하고 묵으면 내가 안채에서 맛난 음식도 챙겨다가 밥상을 챙겨드릴 수 있으니 식사도 잘하고 좋지 않겠습니까?"

"그렇게까지 해주시면 저야 좋지요."

여자가 안채로 들어가 사정하여 하룻밤을 그 집에서 신세 지게 되었다.

다음 날 아침, 갑자기 밖이 소란스러웠다. 고부리가 일어나니 하인이 방문을 거칠게 열고는 안채를 향하여 소리

질렀다.

"이놈은 여기 있습니다."

하인은 마치 중죄인을 다루듯이 다짜고짜 방으로 들어와 고부리를 끌고서 주인의 앞에 꿇어 앉혔다.

"이놈아, 네 계집이 마님의 금비녀와 금반지, 그리고 폐물을 몽땅 훔쳐 갔으니 빨리 찾아내라!"

고부리는 그제서야 여자가 도둑년라는 것을 비로소 알았다. 하지만 때는 이미 늦었고, 당장 봉변을 모면할 방법을 찾는 것이 중요했다.

그는 순간적으로 묘안을 짜내 거꾸로 공격했다.

"너 그게 무슨 말이냐! 내 안사람이 도적질을 하였다면 나를 데리고 도망갔지 나를 두고 갔겠느냐? 내 안사람을 죽였느냐! 어디에 숨겨두고 도적질하고 도망갔다고 누명을 씌우는 것이냐? 당장 내 안사람을 안 찾아내면 지금 당장 관가에 가서 고소하겠다."

주인 영감이 듣고 생각해 보니 부부간에 도적질을 하고 남편은 두고 아내 혼자 도망갔다고 하면 관가에서도 믿어 주지 않을 것 같았다.

"여봐라, 아침부터 집안을 소란하게 하지 말고 나그네를 가시게 해 드려라."

고부리의 뜻대로 상황이 진행되고 있었다.

"영감님 안 될 말씀입니다. 잃어버린 물건을 찾아야 하지 않으십니까? 그리고 저도 억울한 누명을 벗기 위해서라도 관가에 가서 제소하겠습니다."

"누명이라니 아닐세. 집에 가면 자네 안사람이 있을지 아나?"

"저에게는 노자 한푼 없습니다."

할 수 없이 주인 영감은 돈꾸러미를 주면서 고부리를 보냈다. 고부리는 여자 덕분에 돈이 많이 생겨 기분이 좋았다. 주막에 들러 아침을 먹고 한양으로 다시 발걸음을 재촉하여 가다가 오후에 사당 부근에서 그 여자를 만났다.

"도적질을 했으면 나에게도 가자는 말을 해야지, 난처하게 만들어 놓고 혼자 도망하는 법이 어디 있소?"

화가 나서 길길이 뛰는 고부리에게 여자는 연신 머리를 조아리며 용서를 구했다.

"죽을 죄를 지었으니 용서하시고, 오늘 밤 저희 집에 가서서 한양볼일 다 마치는 날까지 묵으시지요."

여자 앞에서는 약하기만 한 고부리는 어느 새 화가 풀려서 서로 이야기를 주고받는 동안에 노량진에 도착하여 배를 타고 한강을 건너 성 안에 있는 그 여자의 집에 도착했다.

저녁을 먹고 상을 치운 다음, 여자가 고부리에게 이부자리에 베개를 나란히 두 개를 놓고서는 곧 따라 눕겠으니 먼저 옷을 벗고 누우라고 했다. 이때 대문을 요란스럽게 두드리며 대문을 열라는 소리가 들렸다.

"이것 큰일났네요. 남편이 집 나간 지 4년이 되어 죽은 줄 알았더니 왔네요. 건달이라 성미가 사나우니 빨리 벽장 속에 들어가 숨으세요."

여자는 옷 입을 사이도 주지 않고 고부리를 벽장 속으로 밀어 넣었다. 하지만 고부리가 들어간 곳은 벽장이 아니라 들창이어서 행길에 떨어지고 말았다.

고부리는 또 여자에게 속았음을 깨달았지만 어쩔 도리가 없어 행길을 왔다갔다 하면서 여러 궁리를 했다. 때는 늦은 가을이라 밤공기가 차서 온몸이 벌벌 떨렸다.

이때 대감의 행차를 알리는 소리와 함께 청사초롱에 불을 밝히고 사인교가 오고 있었다. 고부리는 피할 수도 없기에 길 복판에 사지를 벌리고 죽은 척했다. 청사초롱을 들고 앞에 오던 교군이 이를 발견했다.

"아이쿠, 날씨가 추워지니까 벌써 얼어 죽은 사람이 있습니다."

대감은 사인교를 멈추게 하고 시체를 보더니 허리에 찬 장도칼을 교군에게 주며 말했다.

"병들어 앓다가 죽은 사람 불알은 흔하지만 앓지 않고 죽은 사람의 불알은 약에 쓰면 좋다 하니 그 불알을 까거라."

교군이 장도칼을 받아들고 불알을 움켜잡자 송장처럼 누워 있던 고부리가 벌떡 일어나 교군의 뺨을 때렸다. '악!' 소리를 내며 교군이 뒤로 넘어지자 고부리는 가마 앞으로 다가섰다.

"이제야 내 아버지의 원수를 갚게 되었구나. 나의 아버지는 삼 년 전 객사하였는데 어느 놈이 불알을 까 갔기에 그놈을 잡기 위해 겨울만 되면 옷을 벗고 기다렸는데 이제서야 잡았구나."

고부리가 대감의 멱살을 잡고 가마에서 끌어내려 하자 교군들이 달려들어 막았다.

"집이 가까우니 우리 함께 가서 이야기하는 것이 좋을 것 같소. 이 사람을 가마에 태워라. 내가 걸어가마."

집에 도착하자 대감은 명주 솜옷을 가져오라 일러 입히고는 따뜻한 음식을 대접했다. 그리고 날이 밝거들랑 이야기하자며 잠자리까지 봐주었다.

　이튿날 아침 식사를 마치고 영감과 고부리가 마주 앉았다.

　"자식으로서 부모의 원수를 갚는 것은 당연한 도리이지만 나는 자네의 원수가 아닐세. 나의 경우는 병사자病死者가 아닌 불알이 약이 된다는 말이 있기에 동사자凍死者의 불알을 약으로 써볼까 했을 뿐 자네 아버지와는 아무 관계가 없다네. 하지만 미안한 마음도 있고 하니 위로 차원에서 금전적으로 협조하고 싶네."

　대감은 하인에게 말 두 필을 준비하라 일러, 한 마리의 말에 돈꾸러미를 싣게 하고 다른 말에는 안장을 얹었다.

　"이렇게 도와 주신 은혜 잊지 않겠습니다. 부디 건강하시고 평안하십시오."

　고부리는 대감의 마음이 바뀔까봐 재촉하여 길을 떠났다.

정직하면 복을 받는다

경상도 선산군에 홀어머니를 모시고 사는 마음 착한 부부가 있었다. 남편 허 선비는 이십오 세가 되도록 문밖 출입도 않고 글공부만 하였기에 세상 물정을 몰랐다. 그의 아내와 어머니는 길쌈(베 짜는 일)으로 근근히 생활하였다. 닷새를 종일토록 일하면 두 필을 만들고 그걸 장에 나가 판 돈으로 목화와 양식을 샀다.

하루는 어머니가 병이 나는 바람에 허 선비가 대신 장에 가게 되었다. 장 보는 방법을 전혀 모르는 선비는 어머니에게 차근히 설명을 듣고 아침 일찍 출발했다.

태어나서 처음으로 간 장터에는 볼거리도, 사람도 정말 많았다. 한쪽 켠에 포장을 친 음식점들을 보고 허 선비는 잔칫집인 줄 알고 들어갔다. 옆에 앉은 사람이 먹고 있는 국수와 술을 시켜 먹은 다음 잘 먹고 간다고 인사를 하고 나왔더니 주인이 음식값을 내라며 붙들었다.

"나는 잔칫집인 줄 알고 배가 고파 들러 먹었는데, 돈이라고는 한 푼도 없으니 어찌하면 좋겠습니까?"

주인은 기가 막혔지만 허 선비의 말이 진심으로 보여 그냥 놓아 주었다. 허 선비가 생각해 보니 파는 음식을 거저 먹을 수는 없다는 생각이 들어, 도로 가서 음식점에서 심부름하는 사람에게 무명 두 필을 내밀며 말했다.

"여보시오, 돈이 없어서 그러니 대신 이것으로 받으시오."

심부름하는 사람이 생각하기로 주인이 음식값을 그만두라 했으면 끝난 일인데 다시 돌아와서 수십 배가 되는 무명을 두 필이나 주는 것을 보니 바보가 틀림없다 여겼다. 하여 주인 모르게 슬쩍 받아 자신이 갖었다.

허 선비는 속상한 마음으로 집에 돌아왔다. 홀어머니는 아들의 이야기를 듣고 한숨만 쉴 뿐 별다른 말을 하지 않았다. 어머니는 동네에 다니며 목화를 꾸어다가 다시 무명 두 필을 장날까지 짜고는 장보는 방법을 다시 구체적으로 아들에게 설명했다.

"이번에는 장에 가거들랑 먼저 무명전을 찾아가렴. 그리고 거간 꾼에게 주면 알아서 돈을 줄 게다. 그 돈으로 목화전에 가서 무명 두 필 짤 목화를 사고 남은 돈은 챙겨오거라."

허 선비는 장에 도착하자마자 무명전에 가서 거간꾼에게 말하여 바로 돈으로 바꾸고는 다시 목화전으로 가서 무명 두 필감의 목화를 샀다.

집으로 돌아오는 길에는 콧노래가 절로 나왔다. 이번에는 실수하지 않았다는 사실에 기분이 무척 좋았다. 한참을 걸어오는데 묵직해 보이는 검은 상자가 길가에 놓여 있었다. 허 선비는 습득물拾得物은 임자를 찾아 주어야 한다고 배웠기에 상자 위에 앉아 주인이 오기만을 기다렸다. 그렇게 고박 기다리는 사이 서리 내리는 밤이 지나고 날이 밝았다.

한 남자가 길을 가다 허 선비를 보았다.

"여보 그것이 무엇이오?"

"나도 무엇인 줄 모릅니다. 어제 지나다 보니 궤가 있어서 임자가 오기를 기다리고 있습니다."

남자가 행색을 보아하니 영락없는 순진한 촌놈이었다.

"내 여태껏 이것을 찾는 중이었소."

"그래요? 얼마나 걱정되셨습니까? 얼른 가져가시죠."

그때 갑자기 총을 멘 경찰 두 명이 달려왔다.

"이놈아! 거기 섰거라."

남자는 놀라 도망가고 허 선비는 순사들의 말대로 그 자리에 섰다. 경찰들은 포승으로 선비의 손을 묶어 선산경찰서로 연행했다. 선비는 놀라 눈이 뚱그래졌다.

사실인즉 그 검은 상자는 일본이 황해도 송림에 제철소를 건설하기 위해서 도쿄에서 가져온 현금상자였다. 돈상자가 기차로 우송된다는 소문을 들은 날치기 일당이 기차를 습격하여 구미를 지날 무렵에 차창 밖으로 상자를 던지고 상자를 따라 뛰어내리려다 일본 순사들에게 붙잡혀 미수에 그치고 말았던 것이다.

허 선비 집에서는 하루가 꼬박 지나도록 출타한 사람이 돌아오지 않자 걱정이 태산이었다. 그때 장에 갔다가 허 선비가 순사들에게 끌려가는 모습을 본 이웃이 찾아와 소식을 전했다. 홀어머니는 당장 경찰서로 달려가 허 선비의 손을 잡고는 울었다.

"울 일이 아니라 기뻐해야 할 일입니다. 정말 착하고 정직한 아드님을 두셨습니다. 그만 의자에 앉으시지요."

경찰의 말에 안심한 홀어머니는 영문을 몰라 눈만 껌벅거렸다. 곧 잃어버린 가방을 찾았다는 보고를 받은 송림제철소 사장이 선산경찰서로 왔다. 자초지종을 다 알게 된 사장은 허 선비에게 감사한 마음을 전하고 싶다며 지폐다발을 내밀었다.

"참말 고맙소. 이것는 나의 고마움의 표시니 받아 주시오."

허 선비는 처음 보는 돈뭉치에 놀라 아무 말도 못하고 서 있었다. 그의 어머니가 돈뭉치를 물리며 말했다.

"저희들은 이런 많은 돈은 처음 구경하는 것이라 어디에 어떻게 써야 할지 모르오니 관청에서 저희들에게 좋게 처리해 주십시오."

사장은 잠시 고민하더니 경찰서장에게 토지를 사서 허 선비에게 주고 결과를 통보해 달라고 부탁했다. 정직한 허 선비는 부자가 되는 복을 받았다.

세상은 둥글둥글 살아야

정 선달의 사랑방에는 언제나 손님이 넘쳤다. 성품이 너그럽고 박식하여 곁에 사람이 끊이질 않았다. 이날도 한무리의 젊은이들이 모여앉아 잡담을 주고받고 있었다.

"선달님, 육중한 산도 오래되면 무너지는 것이지요? 얼마 전 남산이 무너졌다면서요?"

"글세요, 나는 아직 듣지 못한 소식이긴 하나 그럴 수도 있지요. 십 년이면 강산도 변한다고 하는데 산도 오래되면 속이 곯아서 무너질 수도 있겠지요."

옆에 있던 다른 젊은이는 정 선달의 말에 찬성할 수 없었다.

"선달님! 그럴 리가 있나요? 산이 아무리 오래 되어도 암석과 흙으로 다져진 것인데 어떻게 무너질 수 있단 말입니까? 불가하죠."

정 선달은 옆에 놓인 찻잔을 들어 입술을 축였다.

"자네 말도 옳아. 산이라는 것은 위가 좁고 아래가 넓을 뿐 아니라 속이 암석으로 되어 있으니 쉽게 무너질 수 없겠지."

옆에 앉아 있던 성미 급한 남자 하나가 얼굴을 붉히면서 선달의 말을 잘랐다.

"선달님이 지금 하신 말씀은 종전과 서로 반대되는 말입니다. 이것도 옳고 저것도 옳다 하시니 종잡을 수가 없습니다. 그런 식이라면 이 세상에 옳고 그름이란 없는 것 아닙니까?"

"오, 그렇지! 자네 말도 옳은 말이야. 혹시 물길을 본 적이 있나? 저마다 각처로 뻗어 있어 길을 따라 가기도 하지만 때로는 길이 없어 벌판으로도 갈 수 있는 거라네. 인생이란 어둔 밤길을 걷는 것과 닮았어. 그때 그때의 실정에 맞게 따라서 살아야지, 옳고 그름을 따졌다가며 신경쓰다가는 명대로 살 수 없으니 세상은 둥글둥글 사는 것이 상책이라네."

통 빨래

정수동鄭壽同이가 서울에 와서 밤늦도록 술을 먹고 길을 가고 있었다. 인경이 울리자 곧 사대문이 닫히고 통행 금지 시간이 되었다. 그러나 정수동이는 아랑곳 않고 길을 걷고 있었다.

이때 마침 순라꾼이 앞에서 오고 있었다. 정수동은 걸음을 멈추고 담벼락에 두 팔과 다리를 벌리고는 기대어 섰다.

"이놈아, 어딜 가던 중이냐?"

"저는 빨래올시다."

"이놈아, 빨래가 말을 하느냐?"

"하도 급해서 옷을 미처 벗지 못하고 통째로 빨아서 지금 말리는 중이온데, 조금만 더 말리면 될 것 같습니다."

"그놈 참 구변이 좋구나. 그럼 움직이지 말고 그 자세로 날이 밝을 때까지 서서 마저 말려라."

순라꾼은 웃으며 갔다. 정수동도 팔을 벌리고 달빛을 맞으며 집 방향으로 계속 걸었다.

최호박

충청도 영동군 심천에 '소골네'라는 주막이 있었다. 안주인 소골네는 남자와 힘을 겨뤄도 지지 않을 정도로 장사였다.

불같은 성미가 있기는 해도 술을 맛있게 담
궈 단골이 많아 장날이면 장사가 잘 되었
다. 간혹 손님이 많은 날은 소골네가 정신
없는 틈을 타서 남편이 술값을 가로채기도
하였는데, 만에 하나 알아채기라도 하는 날
에는 영락없이 부부싸움이 벌어지고 주막의 집기들은 산산조각이
나기 일쑤였다. 하지만 차마 남편을 때릴 수도 없고, 그렇다고 다른
물건들마냥 바닥에 던지자니 큰 상처를 입을 것 같아 지붕 위로 던
지곤 했다.

한번은 심천 장날에 소골네가 화가 났
다. 국밥을 먹던 손님들은 소골네의 행동
에 모두 놀라 도망하였지만 옆에 있던 남편
은 피할 때를 놓쳐 그만 소골네의 손아귀에
잡혔다. 소골네는 남편을 불끈 들어 또 다시
지붕으로 던졌다. 지붕에 던져진 남편은 때마침 장구경을 나온 친
구들과 눈이 마주치자 무안하여 아내에게 큰 소리로 물었다.

"여보! 이 작은 호박을 딸까, 아니면 저 큰 호박을 딸까?"

그후부터 소골네 남편의 별명이 그의 성을 따서 '최호박'이 되었다.

곰보와 주근깨

자손 대대로 만석꾼 집안이라 부족한 것 모르고 자라서 거만하기 짝이 없는 남자가 있었다.

땅딸막한 키에 얼굴이 검고 곰보여서 돈만 아니라면 무엇 하나 내세울 것 없는 인물이건만 손이 귀한 집안이라 오냐오냐 하면서 키우는 바람에 버릇없고 건방지기가 이루 말할 수 없었다.

하루는 남자가 기방에 갔는데, 워낙 성미가 고약하기로 소문이 난지라 반기는 기녀가 없었다. 옳은 말 잘하기로 소문난 기생 설연이 이 남자를 골려 줄 마음으로 얼굴에 잔뜩 주근깨를 그리고 주안상을 차려 방으로 들어갔다.

"고개를 그리 돌리고 있으면 내가 얼굴을 볼 수 없지 않느냐. 이리 당겨 앉아라."

설연은 숙였던 고개를 들고서 남자의 곁으로 다가앉았다. 깨알같이 그려 넣은 주근깨가 드러나자 남자의 얼굴이 굳어졌다.

"만경들판에도 깨밭이 있어서 깨풍년이 들었구나. 깨장수나 할 일이지 예서 웃음을 팔아야 쓰겠나!"

설연은 생글거리며 술잔에 술을 가득 따르며 말했다.

"강원도 인제의 그 유명한 석청 벌통이 만경까지 오시느라 얼마나 수고하셨습니까? 목이나 축이시지요."

남자는 얼굴이 벌겋게 되어 자리를 박차고 나갔다.

여운형 선생의 명강연

　독립운동가 여운형 (呂運亨:1885~1947) 선생이 일본 도쿄에서 유학생들이 마련해 준 환영만찬회에서 있었던 일이다. 그 자리에는 선생의 강연을 듣기 위해 모인 자리였지만 일본 고등계 형사 두 명도 참석해 있었다.

　선생은 저녁식사를 마친 후 강단에 섰다.

　"여러분! 나는 이솝우화 같은 이야기를 하겠습니다. 어느 숲 속에 교활한 여우 한 마리가 살았습니다. 하루는 늙어서 편하게 살 궁리를 한 끝에 호랑이를 한 마리 데려다 기르면 사냥을 잘할 터이니 좋겠다 싶었습니다.

　여우는 호랑이 굴을 찾아가 어미가 없는 틈을 타서 새끼 호랑이를 훔쳐다가 키웠습니다. 세월은 흘러 호랑이는 날카로운 발톱도 생기고 몸집도 여우보다 커졌습니다. 어느 캄캄한 밤에 '어흥' 하는 호랑이의 소리가 산천을 진동시켰습니다. 늙은 여우는 기절하였고, 곁에 있던 호랑이는 어미의 소리가 난 곳으로 가 버렸습니다. 내 이야기는 이것으로 끝입니다."

　우렁찬 박수 소리로 행사는 끝났다.

　일본을 여우에, 조선을 새끼 호랑이에 비유하여 조선 독립을 암시했던 이날의 강연을 유학생들은 모두 이해했으나 고등계 형사들은 아무런 낌새도 찾지 못했다.

노래를 좋아하는 원님

새로 부임한 원님은 노래를 무척이나 즐기는 사람이었다. 아침에 눈을 뜰 때부터 밤 잠자리에 들 때까지 콧노래를 흥얼거리는 것은 기본이고, 길 가는 아이에게 맛난 것을 주면서 노래를 부르게 시키기도 했다.

어느 날, 늦은 밤에 고성방가한 사람이 원에 잡혀 들어왔다. 늦장가 가는 친구의 혼인 잔치에 갔다가 기분이 좋아져서 과음했던 것이 문제였다. 볼기를 맞을 생각을 하니 걱정이 이만저만 아니었다.

"원님은 노래를 정말로 많이 좋아하시나봐. 어제도 강가에 나와 노래하시더라고. 목소리가 어찌나 맑고 청아한지 말이야."

나졸들의 이야기를 엿들은 남자의 머릿속에 번뜩 좋은 생각이 스치고 지나갔다. 잘하면 볼기를 몇 대 안 맞아도 될 것 같기도 했다.

남자는 매를 맞을 적마다 노래 장단처럼 울부짖었다. 고음과 저음을 섞어 울음소리인지 노랫소리인지 도무지 분간할 수 없을 정도였다. 워낙 노래 부르는 솜씨가 좋은고로 듣는 사람의 어깨까지 들썩이게 만들 정도였다.

노래를 좋아하는 원님은 갑자기 자리에서 일어나 너울너울 어깨춤을 추면서 노래조로 말했다.

"그 사람 볼기는 그만 쳐라."

분위기나 상황까지도 돌변시키는 노래의 힘이란 대단했다.

나도 놓네

마을 젊은이가 냇가에서 발을 씻고 있는데 내 건너편에서 부르는
소리가 들렸다.

"여보게! 자네, 나 물좀 건네 주게."

"네, 갑니다."

젊은이는 필시 일가 어른인가 싶어서 가까이 가보니 낯선 젊은
사람이기에 기분이 나빴다. 하지만 우리 동네 찾아오는 손님이기
에 참고 말없이 등을 돌려 대고 업었다.

두 사람의 몸무게를 발로 다 감당하려니 발바닥이 아프고 물속
자갈이 미끄러워 넘어지지 않으려고 조심스럽게 건너려니 힘이 들
었다.

"이 냇물에 돌다리라도 놓지 않는 것을 보니 이 동네 젊은이들이
월천삯이라도 받으려는 것은 아닌가?"

마을 젊은이는 부아가 치밀어 당장 집어던지고 싶음 마음이 들었다.

"손님은 어디 사십니까?"

"응, 나는 전주 이씨일세. 그러므로 자네에게 말을 놓네."

젊은이는 더 이상 참지 않고 사내를 받치고 있던 손을 풀어 물에
빠지게 했다.

"그럼 나도 놓네."

하고는 혼자서 물밖으로 걸어나왔다. 머리부터 발끝까지 온통 젖
은 사내는 물에 빠진 쥐새끼처럼 되었다.

불리한 말은 안 들린다

어느 절의 주지 스님이 아랫
마을 과부와 친하게 되었다. 과
부는 주지를 위해 엿과 떡을 해
왔는데 주지는 다른 스님들과 나
누지 않고 언제나 벽장에 숨겨두
고 혼자만 먹었다. 다른 중들은 이
사실을 알고 있었지만 마음으로
만 욕할 뿐 참고 있었다.

어느 날, 다른 곳에서 수행
하던 현각 스님이 이곳으로

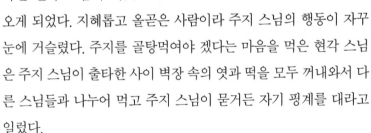

오게 되었다. 지혜롭고 올곧은 사람이라 주지 스님의 행동이 자꾸
눈에 거슬렸다. 주지를 골탕먹여야 겠다는 마음을 먹은 현각 스님
은 주지 스님이 출타한 사이 벽장 속의 엿과 떡을 모두 꺼내와서 다
른 스님들과 나누어 먹고 주지 스님이 묻거든 자기 핑계를 대라고
일렀다.

저녁 나절이 되어 절로 돌아온 주지 스님은 출출하여 벽장 문을
열었다. 그런데 넣어두었던 엿과 떡이 보이지 않았다. 화가 나서 다
른 중들을 불러 물었더니 현각 스님이 먹었다고 답하기에 그를 불
렀다.

주지 스님은 현각 스님을 부처님 앞으로 끌고 가서 물었다.

"벽장에 둔 엿과 떡은 네가 먹었느냐?"

현각 스님은 아무런 대답도 하지 않고 눈만 멀뚱멀뚱 거렸다. 주지는 더욱 화가 나서 큰소리로 물었다.

"너 내 말이 안 들리느냐?"

"네! 들리지 않습니다."

"부처님 앞에서 거짓말을 하려는 게냐? 그러면 네가 이쪽으로 오려무나."

둘이 서로 자리를 바꾸자 현각 스님이 주지 스님에게 큰소리로 물었다.

"아랫마을 과부하고 친해서 다니는 놈은 누구냐?"

주지 스님이 말이 없자 현각 스님은 더욱 큰소리로 꾸짖듯이 물었다.

"아랫마을 과부하고 친해서 다니는 놈이 누구더란 말이냐?"

주지는 나지막한 말로 말했다.

"역시 이쪽에서는 아무 말도 들리지 않는군……."

식목하는 법

어느 사람이 나무를 너무 좋아하여 집안에 식목을 해보지만 매번 죽기만 했다. 물도 잘 주고 거름까지 주었건만 이상하게도 다른 집에서 너무 예쁘게 잘 자라 얻어온 것마저 오래 견디지 못하고 시들해졌다.

한번은 멀리 사는 친구가 몇 년간 키우던 어린 난을 선물로 보내왔다. 그윽한 향과 아름다운 자태를 가진 난은 쳐다보고 있노라면 시간 가는 줄도 몰랐다. 그 난이 죽어 나갈 생각을 하니 너무 걱정이 되어 밤이면 잠을 잘 수가 없었다.

어느 날, 한참 동안을 난만 바라보고 앉았는데 한동리에서 돈놀이하는 친구가 찾아왔다.

"아니, 그놈의 난만 바라보고 있으면 떡이 나오나, 술이 나오나?"

"그에 비할 바가 아니지. 그나저나 내 집에서는 나무가 죽기만 하니 어찌해야 좋을지 모르겠네."

"그야 쉬운 일이지 않은가. 흙을 넣고 나무 뿌리를 넣기 전에 돈을 한 냥 묻게나. 그러면 백발백중 살지."

"거름을 넣었어도 죽었는데 돈을 넣어?"

"아니. 돈으로 안 되는 일이 있나? 죽어 저승에 간 사람도 염라대왕에게 돈만 주면 되살아난다는데 하물며 나무야 말할 것도 없지."

"그럴 것도 같군."

노래자랑의 심판

몇 년째 흉년이 들어 새나
라의 임금인 봉황새도 세금을
받지 못하여 굶주리고 있었다.
이때 왜가리가 고기를 선
물로 가져와서는 봉황
앞에 내려 놓으며 청을
하나 들어달라고 했다.
"며칠 후에 꾀꼬리와
두견새, 그리고 제가 노래자랑
을 하기로 하였으니 임금님께서 심판을 맡아 주셔서 저를 일등으
로 당선시켜 주십시오."

봉황 임금은 옳은 일이든지 아니든지 상관없이 우선 너무 배가
고픈지라 승락을 했다. 왜가리는 재차 다짐을 받고는 감사의 인사
를 드리고 집으로 돌아갔다.

며칠 후 왜가리, 꾀꼬리, 두견새가 봉황 임금에게 와서는 인사를
했다. 먼저 왜가리는 봉황에게 머리만 한 번 꾸벅 숙인 뒤 가슴을
벌리고 뻣뻣이 서 있었고, 꾀고리와 두견새는 정성스럽게 큰절을
올리고는 왜가리의 옆에 나란히 섰다. 그들이 찾아오게 된 목적에
대해서 설명을 들은 봉황이 말했다.

"그래, 먼 길을 오느라 수고하였다. 그래 꾀꼬리 네가 먼저 노래

를 불러보아라."

꾀꼬리는 목청을 가다듬고는 '꾀꼴꾀꼴' 아름답게 노래를 불렀다. 꾀꼬리의 노래를 들은 봉황 임금이 말했다.

"꾀꼴아! 네 노래는 과연 아름답도다. 그런데 너의 목소리는 수자리(국경을 지키는 군인) 간 남편을 만나 포옹하는 꿈을 꾸는 여인의 잠을 깨울까 봐 걱정되는구나."

꾀꼬리는 자신의 노래를 임금이 아름답다고 해주었으니 당연히 일등을 하겠다 싶어 기분이 좋았다. 하지만 여자의 꿈을 깨운 적은 없는데 임금이 무슨 말씀이신가 이상하게 여겼다.

봉황 임금은 다음으로 두견이에게 노래를 부르라고 했다. 두견이는 꾀꼬리보다 더욱 잘 부르리라 마음 먹고 정성을 다하여 '서쫑서쫑' 하고 노래를 했다.

눈을 감고 두견이의 노래를 듣고 있던 봉황 임금이 눈을 뜨며 말했다.

"네 노래는 구슬프게 아름답도다. 허나 너는 청상 과부의 마음을 더욱 아프게 하겠구나."

두견이는 과부의 눈물은 자신의 책임이 아니기 때문에 죄가 없으므로 당연히 일등으로 당선되리라 믿었다.

다음은 왜가리의 순서였다.

'너희들이 아무리 노래를 열심히 불러봤자 일등은 내가 맡아 놓은 당상이지.'

왜가리는 임금의 앞으로 나가 꼿꼿이 고개를 들고서는 '꼬악꼬악' 큰 소리로 노래했다. 봉황 임금이 들어보니 귀가 찢어질 듯 시끄럽기만 하였기에 그만두라는 뜻으로 곧 평을 내렸다.

"왜가리는 듣거라. 네 노래는 비록 곱지는 않으나 사내답고 씩씩하도다."

봉황 임금은 잠시 생각한 다음 꾀꼬리, 두견새, 왜가리의 노래에 대해 총평했다.

"꾀꼴아, 너는 세상이 다 아는 명창인 만큼 노래 또한 훌륭하였다. 그러나 공교롭게도 수자리 간 남편을 만나는 꿈을 꾸던 여인을 방해하였기에 일등을 줄 수 없겠구나. 두견이 너의 노래 또한 소문대로 뛰어나다. 그러나 외로운 사람을 달래주지 않고 오히려 더욱 슬픈 마음을 주었으니 일등을 줄 수 없다. 마지막으로 왜갈아, 너는 타고난 목청이 곱지 못하나 사나이답게 잘 불렀으니 너에게 일등을 주노라."

이로써 노래자랑의 일등은 왜가리가 되었다. 꾀꼴이와 두견이는 자신들의 노래가 엉뚱한 일과 연관되어 제대로 평가받지 못했다고 생각하고, 더구나 왜가리가 일등한 것은 말도 안 되는 일이라고 투덜거렸다. 하지만 감히 임금새가 내린 결과인지라 불평을 내보일 수도 없는 일이었다.

왜가리는 권력 있는 자에게는 뇌물이 최고의 결과를 가져다 준다는 것을 다시 한번 느끼게 되었다.

부자간父子間의 짚신장수

아버지와 아들이 대를 이어 짚신장수를 했다. 이들 부자는 장이 서는 곳마다 돌아다니며 장사를 하였는데, 이상하게도 아버지가 만든 신이 다 팔리고 나야 아들이 만든 신이 팔렸다.

이를 이상하게 여긴 아들은 아무리 생각해 보아도 그 이유를 알 수 없어 답답했다.

"아버지, 왜 사람들이 아버지의 신발을 더 좋아할까요? 특별한 방법이 있다면 알려 주세요."

"내가 만든 짚신처럼만 만들면 된다."

아버지는 무뚝뚝하게 대답할 뿐 구체적인 방법을 설명해 주지 않았다. 아들은 아버지의 짚신과 자신의 짚신을 몇 해를 두고 비교해 보아도 별다르게 다른 것을 발견하지 못했다.

그렇게 세월은 흘러 아버지는 늙어서 남은 생애가 얼마 남지 않게 되었다. 하루는 아버지가 아들을 불러 앉혔다. 이미 기운이 다 빠져서 목소리가 들릴 듯 말 듯 했다.

"네 신과 나의 신발의 차이는 털… 털… 털……."

아버지는 남은 말을 다 잇지 못하고 그만 숨을 거두었다. 아버지가 남기고 싶었던 말은 네 신은 짚 털을 깔끔하게 뜯어야 된다는 것이었다.

이와같이 옛부터 장인들은 자기 기술을 비록 아들이라 해도 쉽게 알려 주지 않았다.

염라대왕의 심판

염라대왕은 18명의 장관과 8만의 옥졸을 거느리고 있으면서, 죽어서 저승으로 가는 사람들의 생전 행실을 듣고 선악을 심판했다.

맨 먼저 농민이 염라대왕의 앞에 섰다.

"너는 이승에서 어떻게 살았느냐?"

"예, 저는 배운 것이 농삿일이라 뼈가 부서지도록 일했습니다. 각종 곡식과 채소를 심어 사람들의 양식을 대주었고, 목화를 심어 옷을 해입도록 했습니다."

"그동안 착한 일을 많이 하였구나. 너는 도로 세상으로 나가서 좀더 살다가 오려무나."

다음은 도둑의 차례였다.

"너는 무엇을 하다가 왔느냐?"

"저는 불쌍한 사람들의 재물을 빼앗아 부자가 된 사람들의 집만을 골라 도둑질하여 가난한 사람들에게 모두 나누어 주었습니다."

"네가 비록 도둑질을 하기는 했으나 어려운 사람들을 구제하였으니 다시 세상으로 나갔다가 다음에 부르거든 오너라."

세 번째로 기생이 나왔다.

"너는 무슨 일을 하였느냐?"

"소녀는 몸치장을 하고 부잣집 자식들의 허한 마음을 달래 주어 공부에 전념할 수 있도록 도왔습니다."

"오호! 너도 좋은 일을 하였으니 도로 이승으로 나가라."

마지막으로 의원(의사)이 염라대왕의 앞에 나왔다.

"너는 이승에서 무엇을 하다가 왔느냐?"

"예, 저는 약초의 열매와 뿌리, 또는 짐승의 쓸개 등으로 약을 만들어 병으로 인해 죽어가는 사람이 되살아나도록 했습니다."

의원의 답변을 들은 염라대왕은 화가 나서 불호령을 내렸다.

"요즘들어 사람을 잡아오라고 귀졸들을 보내면 허탕을 치고 빈손으로 올 때가 많았는데, 바로 네 놈 때문이었구나. 여봐라, 당장 저놈의 목에 칼을 씌우고 다리에는 쇠고랑을 채워서 기름 가마 지옥에 처넣어라."

의원은 농민과 도둑과 기생을 붙들고 말했다.

"이승에 가거든 우리집에 들러서 이제부터 남자는 농사를 짓거나 도적질을 하고, 여자는 기생노릇을 하여 지옥에 가는 일이 없도록 하라고 전해 주게나."

의원은 눈물을 흘리며 지옥으로 향했다.

수염

　젊은 여자가 어린 딸을 데리고 목욕탕에 갔다. 아이는 벌거벗은 사람들이 모여 있는 모습을 처음 보았기 때문에 너무나 놀라 그만 울음을 떠트리고 말았다.

　당황한 젊은 엄마는 아이에게 울음을 그치면 나중에 맛있는 것을 사주겠다며 달랬다. 곧 적응이 된 아이는 작은 세수대야에 물을 떠 놓고 장난질을 했다. 아이는 첨벙첨벙 물소리가 나는 것이 무척 신기한 듯이 장난을 멈추지 않았다.

　얼마 후 그것도 시들해졌는지 이번에는 의자에 앉아 사람 구경을 했다. 한참 동안을 벌거벗은 여자들의 모습을 쳐다보다가 엄마에게 다가와서는 귀에 대고 작은 목소리로 물었다.

　"엄마, 아빠 수염은 얼굴에 났는데 왜 여자 어른들은 수염이 배꼽 아래에 났지?"

　젊은 엄마는 설명할 방법을 모르고 얼굴만 붉게 변했다.

황구 참봉 黃拘參奉

충청도에 젊은 시절 자식 하나 없이 과부가 된 여인이 살고 있었다. 남편이 남겨 준 재산이 많아 끼니걱정할 것 없는 부자였지만, 여자 혼자 살기에는 무서운 세상인지라 누런 수캐를 한 마리 키웠다. 개가 어찌나 영민하고 주인의 말을 잘 따르는지 동리 사람들은 개의 이름을 따서 과부집 택호宅號를 '황구댁'이라고 했다.

당시는 대원군이 경복궁景福宮 재건을 하느라 국고國庫가 고갈되어 전국 각 수령(守令:고을 지방관)들은 공공연히 매관매직을 하였던 때였다. 그러므로 관내에 부자들의 명단을 뽑아 돈을 강요하고 참봉參奉, 주사主事 등의 벼슬을 맡기곤 했다.

이때 '황구댁'도 부자 명단에 들어 참봉 벼슬을 받게 되었다. 그런데 관에서는 황구黃拘가 성이 황씨이고, 이름이 구인 황구黃九로 알고 주었던 것입니다. 이렇게 해서 이 과부는 누런 개 때문에 황구 참봉黃拘參奉으로 유명해졌다.

노처녀

어느 집에 외동딸이 있었는데 느지막히 얻은 귀한 자식이라 이것 저것 재느라고 그만 늦도록 시집을 보내지 못했다. 남들이 흔히 노처녀라고 말하는 나이가 되자 부모의 욕심은 점차 줄어들어 한쪽이 많이 기울지만 않는다면 혼인을 시키고 싶었다.

하지만 자기가 귀한 줄로만 알고 자란 처녀는 나이가 많아질수록 보는 눈 또한 높아져 웬만한 남자가 아니면 상대조차 하기 싫어했다. 그렇게 점점 시간은 흐르고 들어오던 중매마저 끊어져 가니 부모의 마음은 까맣게 타고 있었다.

그러던 어느 날 오랜만에 중매쟁이가 와서는 양반 집안에 재산도 많은 신랑감을 소개시켜 주었다. 나이가 서른 넷으로 궁합도 보지 않는 나이 차이니 이보다 더 좋은 자리 구하기가 어려우니 성혼하도록 권했다. 어머니가 생각하기에도 좋을 듯싶고, 이번이 아니면 언제 이런 기회가 또 있으려나 하는 마음이 들어 딸을 불러다 앉히고 말했다.

"나이는 서른 넷이고, 외양도 얌전하며, 집안도 좋고 재산도 부족하지 않다는구나. 키가 작은 것이 작은 흠이기는 해도 네 나이를 생각해 볼 때 그 자리가 좋을 듯하다."

키가 작다는 말에 마음이 상해 버린 딸은 콧방귀를 뀌었다.

"그럴 바에야 차라리 열일곱 살 된 남자 둘한테 시집가는 편이 낫겠는데요."

악담이 명중된다

한 동네에 사는 박 포수와 최 포수는 시간이 나는대로 사냥을 즐기는 다정한 사이였다. 너무나 자주 사냥을 다니자 그들의 아내들은 불만스러워했다. 그래서 두 사람은 집에다가는 아무런 말도 하지 않고 사냥을 나왔다. 한참 동안을 숲 속을 헤메다가 갑자기 최 포수가 돌연히 쓰러져 돌뿌리에 머리를 박아 그만 급사했다.

박 포수는 최 포수의 죽음이 자신과는 상관 없는 것이었지만 부인들이 가지 말라는 사냥을 함께 나온 것부터가 문제였다는 생각에 죄책감이 들어 최 포수의 아내에게 가서 거짓말을 했다.

"아주머니, 최 포수와 함께 송월이 집을 갔었습니다."

"기생집 말이지요?"

"그렇습니다. 그 집에서 술을 진창 먹고서 노름판이 벌어진 곳에 들렀지요. 처음에는 최 포수가 조금  따더니 잠시 후에는 잃기 시작하여 오십 냥을 잃었고, 급기야 집을 잡히고 노름하였는데 그마 져 돈을 다 잃어버렸지요."

최포수의 부인은 이 말을 듣고는 펄펄 뛰었다.

"아이구, 집에서는 먹을 것이 없어서 끼니도 거르고,

철 맞춰 입을 옷도 없어 헐벗는 마당에 노름으로 이 집마저 없어지면 어디서 살라고……. 아이구 그놈의 인간, 귀신이라도 잡아 갔으면 속이 시원하겠구만."

부인은 땅바닥에 주저앉아 울기 시작했다.

"아주머니, 아주머니가 원하는 대로 최 포수는 귀신이 잡아갔습니다."

남자의 힘

같은 재료를 갖고도 맛있게 음식을 만드는 사람이 있는 것처럼 같은 말을 해도 재미나게 말하는 사람이 있다. 사랑방이나 여럿이 모인 장소에서는 그런 사람이 인기가 있다. 그가 말을 시작하면 모두들 숨을 죽이고 듣게 된다.

어느 날 마을에 소문난 말재주꾼이 찾아왔다.

"남녀의 성기능은 10대에 발현되어 20~30대에는 전성기였다가 40대부터 하강하기 시작하여 70대에는 거의 사라지게 마련입니다.

남자의 경우 10대부터 불이 붙는데 이때의 불은 성냥불과 같아서 불이 붙자마자 꺼지지요. 20대는 장작불처럼 화력이 좋아 화끈화끈 전신이 뜨겁답니다. 30대에는 연탄불처럼 겉보기로서는 약한 듯하지만 화력이 오래 가면서 쾌감도 오래 느끼게 되니 제대로 맛을 즐길 수 있지요."

사랑에 모인 젊은이들은 마른침을 꼴깍이며 경청했다.

"40대에서는 그냥 두면 꺼지고, 빨아 주면 다시 타오르는 담뱃불처럼 힘을 들여야 하지요. 50대에는 화롯불처럼 겉으로는 없는 것 같지만 재를 헤치면 불이 있으므로 이도 역시 기운을 불어 넣어야 합니다."

중년의 남자들은 고개를 끄덕이며 수긍했다.

"60대에는 반딧불처럼 불도 아니면서 불인 척하는 게 보통이지요. 70대에는 꺼진 불이라고 여길 수 있는데 간혹 그 중에서 다시 보면 불이 있는 수도 있으니 너무 염려는 마세요."

한쪽 구석에 앉아 있던 어르신들이 불편한 심기를 헛기침으로 드러냈다. 그러자 이야기꾼은 얼른 다음 말을 이었다.

"성기능이라는 것이 선천적으로 강한 사람이 있기는 하나 대부분 세월의 흐름을 무시할 수 없다는 이야기였습니다. 하지만 요즘 세상이 얼마나 좋아졌는데 세월의 탓만 한단 말입니까? 보약을 먹어 연장시키면 될 일이지요."

그가 내민 붉은 색 보자기에 싸인 이상한 약병은 순식간에 팔려 동이나 버렸다.

할뻔댁

조선조에는 함경도 사람들을 정사에 등용하지 않았다. 하여 낮은 벼슬자리 하나 얻기가 하늘의 별따기 만큼이나 어려운 일이었다.

그래서 대부분 돈을 가지고서 한양의 고관에게 찾아가 뇌물을 받치고 벼슬을 사는 경우가 많았다. 하지만 생각만큼 쉬운 일이 아니라 바로 벼슬길에 오르는 운 좋은 사람은 거의 없었다. 대부분의 경우 한양의 고관의 집에서 몇 해를 허송 세월로 기다리는 것이 보통이었다.

그보다 운이 나쁜 사람들은 고기에게 낚시밥 떼이듯이

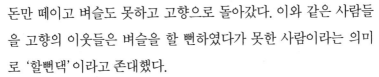

돈만 떼이고 벼슬도 못하고 고향으로 돌아갔다. 이와 같은 사람들을 고향의 이웃들은 벼슬을 할 뻔하였다가 못한 사람이라는 의미로 '할뻔댁' 이라고 존대했다.

관상

남편의 잦은 바람끼로 마음병을 얻은 젊은 여자가 이름난 관상쟁이를 찾아갔다.

"저의 장래 운명이 어떤지 궁금합니다."

관상쟁이가 보니 얼굴에 수심이 가득한 것이 필시 남자와 연관된 문제일 것이라는 생각이 들었다.

"음과 양이 만나야 조화를 이루는 법인데…… 남자가 너의 운을 막는구나."

"네, 맞습니다. 남자 문제만 아니면 정말 다리 뻗고 편히 잘 수 있을 것 같습니다."

'오호라, 오늘은 처음부터 잘 맞아들어가는구나.'

관상쟁이는 여자의 얼굴을 유심히 살펴보았다. 이목구비가 오목조목 참으로 아름답다는 생각이 들었다.

"하지만 남자만 네 운을 막는 게 아니야. 주변에 있는 여자들도 조심해서 사귀라고 하는 것이 좋을 거야."

여자는 얼굴에 화색이 돌며 당겨앉았다.

"용하다고 들었지만 어쩜 그렇게 잘 맞춘대요? 맞아요, 항상 주변에 여자들이 꼬여드니 내가 불안해서 살 수가 있어야 말이지요."

관상쟁이는 손금을 본다며 여자의 손을 끌어당겨 주물렀다.

"앞으로는 좋은 일만 생기도록 내가 부적을 하나 써줄 테니까 방문 앞에 붙이도록 해."

여자는 모든 문제를 해결해 줄 부적이 써지는 모습을 바라보며 흡족해 했다. 관상쟁이는 부적을 봉투에 넣어 건네주면서 목청을 가다듬었다. 그리고는 알아들을 수 없는 주문 같은 것을 외웠다.

"알라리숑 절라리숑 아바라야바라, 당신은 멀지 않아 신랑감이 생겨 시집을 가겠습니다."

"아니, 그러면 지금 남편은 어떻게 하지요?"

"에? 지금 남편은……."

관상쟁이는 깜박하여 엉뚱한 소리를 해 놓고는 할말이 떠오르지 않자 눈을 감고는 가부좌를 튼 자세로 가만히 있었다.

지옥

교회에서 목사님이 성도들 앞에서 성경 말씀을 전했다.

"예수를 믿으시오. 믿으면 천국에 가고 믿지 않으면 지옥에 갑니다. 당신은 어느 곳으로 가길 원하십니까?"

설교가 다 끝나자 한 사내가 목사님의 방으로 찾아왔다.

"지옥은 어떤 곳인가요?

"기름이 펄펄 끓는 가마솥과 같습니다."

그러면 사람이 살 수 없겠네요?"

"그렇습니다."

남자는 한참 동안 고민하더니 입을 열었다.

"저처럼 예수를 믿지 않는 사람은 정말 큰일이군요. 지옥에 갔다가도 거기서 못 살면 되돌아와야 할 텐데 지금까지 지옥에서 되돌아왔다는 사람은 한 명도 보지 못했으니 말입니다."

황희黃喜 정승 부인

청백리清白吏로 유명한 황희(黃喜: 1362~1452) 정승은 고관대작이면
서도 기와집은 고사하고 변변한 초가집도 없어 오두막에서 살았
다.

하지만 한번도 다른 사람의 부유함을 부러워한 적이 없었는데,
부인 또한 그랬다. 남편의 청빈함이 가정에는 어려움을 주어 자녀
들의 끼니도 제대로 챙기지 못하였지만 정승에게 쓴소리 한번 하
지 않고 내조했다.

여름 장마가 시작되면 방바닥은 빗물로 마를 날이 없어 잠도 제
대로 잘 수 없는 형편이었다. 정승이 출타할 때면 하나밖에 없는 우
의마저 가지고 나가야 했기에 널벅지(옹기 그릇)를 방안에서 뒤집어
쓰고 비가 그치기만을 기다렸다.

"비가 참으로 많이도 내리는구나. 나는 널벅지라도 있어 다행이
지만 이마저 없는 사람들은 이 비를 어찌 피할꼬?"

그 마음씀씀이가 과연 정승의 아내다웠다.

쌍둥이 남편

이목구비는 물론이요, 목소리며 행동거지까지 똑닮은 쌍둥이 형제가 있었다. 나이가 차서 각자 혼인을 하였으나 서로의 우애가 깊어 한 집에서 살게 되었다.

형은 장사 수완이 좋아 옷감장수가 되었고, 아우는 흙냄새가 좋다며 농사꾼이 되었다. 얼굴이 꼭 닮은 형제가 한 집에 살다보니 재미난 소동이 일어나곤 했다. 하루는 형의 부인이 마루로 올라앉아 버선을 벗어재끼며 말했다.

"여보, 오늘 옷감을 사러 갈 때는 나도 함께 갑시다. 이 참판댁에서 특별히 부탁한 옷감이 있는데 아무래도 시세나 가격을 비교하려면 내가 가는 편이 낫겠지요."

"형수님, 형님은 방에 계십니다."

형수는 부끄러워 버선을 손에 들고는 방으로 도망쳤다.

다음 날 아침, 아우의 부인이 화장을 곱게 하고 마당으로 나왔다.

"여보, 나 예쁘지요?"

"제수씨, 아우는 채소밭에 나갔습니다."

시아주버니를 남편으로 알았던 아우의 부인은 얼굴이 홍당무가 되어 부엌으로 도망쳤다.

조강지처의 설움

한 선비가 조강지처를 두고 허구한 날 기생집에서 살았다.

동지 섣달 긴긴 밤을 독수공방으로 지새던 아내가 드디어 화가 폭발했다.

"서방님! 서방님은 왜 소녀는 멀리 하고 기생집에만 가시지요? 오늘은 그 이유를 속 시원하게 말씀해 주십시오."

"허허! 점잖고 고상해야 할 부인께서 무슨 망발이오? 그야, 부인은 존경해 주어야 할 분이지만 기생은 함부로 대해도 뒷탈이 없기 때문 아니겠소!"

선비의 말이 끝나자 부인은 갑자기 일어나 옷을 훌훌 벗어 던지더니 선비를 사정없이 두들겨 팼다.

"내가 언제 존경해 달라고 했나요? 이렇게 함부로 굴면 이제는 존경하지 않겠지요."

조강지처는 바로 쫓겨났다.

대동강물 팔아 먹은 봉이 김선달 鳳伊 金先達

전라도 생강장수가 생강을 한 배 가득 싣고 평양에 가서 좋은 시세로 팔아 돈방석에 앉게 되자 평양에 이름난 기생 송월이가 호화스러운 생활을 한다는 소문이 자자하게 퍼졌다. 이 소문을 들은 봉이 김 선달은 이대로 있다가는 생강 장수에게 송월이를 영영 빼앗기게 될지도 모른다는 생각이 들었다.

풍수설에 따르면 평양은 배형이라, 우물을 파면 구멍이 뚫려 배가 침몰하게 된다 하여 우물을 파지 못하게 했다. 그렇기 때문에 평양 사람들은 대동강물을 먹어야 했기에 강물을 운반하는 물장수가 많았다.

김 선달은 은밀히 물장수들을 모았다.

"여러분! 전라도 생강 장수가 생강을 배 한 가득 싣고 와서 큰 부자가 되었다는 이야기를 들은 적이 있을 것이오. 지금 송월이라는 기생과 살림을 차리고 사는데 필경은 그 돈이 모두 송월이에게 빼앗길 것이외다. 하여 내가 그 돈을 여러분에게 분배하겠으니 내가 하라는 대로만 해주시오."

물장수들은 뜻밖에 반가운 소식을 듣자 절로 흥이 났다 김 선달은 좌중을 조용히 시키고 곧 구체적인 방안을 말하기 시작했다.

"내가 내일 아침부터 대동문大同門 밖에 자리를 깔고 돈궤를 놓고 앉아 있을 터이니 여러분을 물을 지고 갈 적마다 돈 한푼씩을 던져 넣고 가면서 '물 값이오!' 라고 말하시오. 그리고 저녁에 내 집으로 오면 그 돈을 다시 여러분에게 돌려주겠으니 그 돈으로 다음 날 다시 물값을 내십시오."

"아니, 그런다고 생강 장수의 돈이 우리 것이 되겠소?"

"이렇게 하는 동안에 내가 생강 장수에게 대동강을 팔아서 그 돈을 여러분에게 나누어 주겠소. 장삿속이 밝은 생강 장수가 가만히 앉아 있을 위인이 아니오. 아마도 내게 대동강을 사겠다고 덤벼들겠지요. 이렇게 하여 생강 장수가 대동강을 사게 되어도 열흘간은 물값을 내야 하오. 그리고는 열흘이 지나면 그때부터는 돈을 내지 마시오. 왜 물값을 내지 않느냐고 묻거들랑 물값 내는 기한이 지났다고 하시오. 열흘 동안 받은 물 값이면 그 사람도 고향 갈 밑천을 될 것입니다."

약속한 대로 김 선달은 대동문 밖에 자리를 깔고 앉아 있었고, 물장수들은 '물 값이오!' 하면서 돈궤에 한 푼씩 던져 넣었다.

이 소문은 순식간에 평양 안에 퍼졌고, 강물을 돈받고 판다는 소문에 먼 지역에서도 장삿꾼들이 구름같이 몰려들었다. 김 선달은 사람을 보내어 생강 장수와 송월이가 구경하도록 유인했다.

생강 장수는 물장수들이 대동강 물을 퍼갈 때마다 돈을 내는 것을 보고는 대동강을 사고픈 욕심이 불같이 일어났다. 김 선달은 생강 장수와의 중간에 사람을 내세워 일사천리로 계약을 성사시켰다. 그리고 받은 돈을 물장수들에게 골고루 나눠 주었다.

생강 장수는 동이 트자마자 송월이와 함께 대동문 밖으로 나가 자리를 깔고 앉아 물값을 받았다. 물장수들이 돈궤에 한 푼씩 넣을 때마다 짜릿한 기분이 들었고 천하를 다 얻은 것 같이 마냥 좋았다.

그렇게 열흘이 지나가자 물장수들은 돈을 내지 않고 대동강 물을 떠갔다. 화가 난 생강 장수가 물값을 내라고 해도 시큰둥하게 반응할 뿐이었다.

"물 값을 주기로 한 것은 어제로 기한이 끝났으니 오늘부터는 물 값 없이 길어 가는 것이오."

그제서야 대동강물을 속아서 산 줄을 알게 되었으나 땅을 치며 통곡해 보아도 소용없는 일이었다. 생강 장수는 전라도로 돌아갔고, 송월이는 다시 김 선달의 품에 안겼다

돌밥

　인정 많고 착하기로 소문난 김 선비의 집에는 언제고 손님들의 발길이 끊이질 않았다. 글이나 하는 양반집 자제들은 학문이나 정사를 논하고자 하였고, 가난한 농민이나 천민들은 지혜를 구하거나 서찰을 보낼 일이 있을 때 도움을 청했다.

　하지만 가난한 집안의 살림을 이끌어가야 하는 선비의 아내로서는 손님이 많은 것을 달가워하지 않았다.

　하루는 늦은 밤, 자리에 누우려는데 밖에서 인기척이 들렸다.

　"혹여 주무시오?"

　선비는 이불을 한켠으로 치우고는 밖으로 나가 손님을 맞이했다. 나그네는 먼곳에서 왔는지 피곤한 기색이 역력했다.

　"식사는 하셨소?"

　"찬밥덩이라도 있으면 좀 주시오."

　선비는 아내에게 상을 차려오라 일렀다. 아내는 못마땅해서 입술을 삐죽거리며 부엌으로 들어갔다.

　한참을 이야기하는 중에 밥상이 들어왔다. 그런데 나그네가 숟가락을 들어 입 안으로 밥을 퍼넣고 씹을 때마다 돌 씹는 소리가 들렸다. 선비는 미안한 마음이 들어 말했다.

"저녁이 늦어 어둔 데서 밥을 하느라고 돌을 제대로 못 일어서 그런 모양입니다."

"뭘요, 그래도 돌보다는 쌀이 더 많은데요."

밖에서 이 말을 들은 선비의 아내는 얼굴이 붉어졌다.

3부
기쁨과 슬픔

기쁨에는 친구가 있지만
슬픔에는 고독만이 있다.
— B 네이턴 〈삼나무 상자〉

밀밭을 지나다 취한 신랑

어느 돈 많은 양반집 마나님은 술 잘 먹는 주인 영감 때문에 골치였다. 한번 마음먹고 마시기 시작하면 해가 지는 줄도 모르고 코가 삐뚤어지도록 마시는 것이었다. 자기 남편의 술에 질린 부인은 사윗감만은 술을 먹지 않는 사람으로 고르기로 마음먹었다. 그래서 중매쟁이가 와도 첫번째로 묻는 말이 술을 좋아하는 사람인가 아닌가였다.

딸에게는 오래 전부터 마음을 준 사람이 있었다. 양반집 자제들끼리 지난 봄 꽃놀이 갔던 자리에서 만난 도령인데, 서글서글한 눈매와 입담에 끌렸다. 하지만 그 역시 술을 무척이나 좋아했다. 어머니의 마음을 이미 알고 있던 딸은 꾀를 내었다.

"도련님, 며칠 후에 저희 집 앞을 지날 때 타고 있던 말에서 떨어지십시오. 그리고는 마부에게 제가 이르는대로 말하라 하십시오."

그 후 어느 날, 마님이 마루에 앉아 대문 밖을 내다 보고 있는데, 말을 탄 총각이 밀밭을 지나오다가 그만 말에서 떨어지는 것이었다. 마부가 재빨리 붙들어 도령을 땅에 누이고는 급히 대문 안으로 들어와서 다급하게 말했다.

"실례합니다만 저희 도련님이 정신을 잃고 있으니 물 한 그릇만 주십시오."

"건강해 보이는 도련님이 어찌하여 낙마한 게냐?"

"저희 도련님은 술을 전혀 못하시는데 밀밭을 지나다가 그만 취

169

하여 그리 되었습니
다.”

마님은 하녀를 시켜 물
을 주어 보낸 뒤에 여전히 밖
을 내다보고 있었다. 마부
는 물그릇을 가지고 가서
도령을 일으켜 앉힌 후 물
을 먹이니 잠시 후 눈을 떴
다. 다시 말에 오른 도령은
옷무매를 단정히 하고 마
님의 집에 들러 감사의 마음을 전한
뒤, 절을 하고는 돌아갔다.

마님은 그 도령이 사윗감으로 마음에 들어 마부에게 주소와 성명
을 물어두었다. 그후 중매쟁이를 시켜 도령의 가문을 조사하여 보
니 가문도 좋고 재물도 부족하지 않은 집안이기에 영감과 상의하
여 약혼을 시켰다.

딸은 자신의 생각대로 모든 것이 진행되자 기뻤다. 하지만 혹시
라도 도령이 혼인 전에 술로 인한 실수를 했다가는 모든 것이 수포
로 돌아가기 때문에 항상 주의를 했다.

드디어 고대하던 결혼식이 끝나고 저녁 식사를 마친 후에 신랑신
부가 신방을 꾸며야 하는데 신랑이 어디에도 보이질 않았다.

“마님, 집안을 샅샅이 찾아보았지만 어디에도 없습니다.”

“혹시 모르니 후원 초당에도 가보아라.”

후원 초당이란 술을 좋아하는 영감이 풍류를 즐기기 위해 연못가

에 지어 놓은 초가삼간으로, 여기에는 큰 술독에 술을 가득 채우고 바가지를 띄워 마음껏 떠먹을 수 있게 되어 있었다.

하인들이 초당에 가보니 신랑이 술독의 술을 다 퍼먹고 취하여 네 활개를 펴고 잠을 자고 있기에 업어서 신방으로 모시었다.

마님은 그 모습을 보고는 기가 막혀 했고, 딸은 당황하여 어찌할 줄을 몰라했다.

"장인과 사위가 다 '주태백'이니 이것도 연분이고 팔자소관이로 다."

마님은 긴 한숨만 쉬었다.

남의 다리를 긁는 사람

여름철 복로방(여관집 큰 방)에서 술을 마시다가 여러 사람이 함께 자게 되었다. 넓은 방이지만 워낙 사람이 많은지라 다리가 얼키고 설켜 한번 자리잡은 몸을 움직이기가 어려울 지경이었다.

모기들은 횡재를 했다는 듯 신이 나서 물어댔다. 좁게는 손가락 사이사이, 발바닥 같이 긁기 어려운 부분에서부터 넓게는 등허리, 종아리 할 것 없이 사정없이 물었다.

한 사람이 간지러움에 자기 다리를 긁는다는 것이 어둡고 여러 다리가 함께 놓인지라, 그만 옆에 있는 사람의 다리를 박박 긁었다. 하지만 시원치가 않자 더욱 세게 박박 긁었다. 다리에 피가 맺혔다.

"어느 놈이 남의 다리를 이렇게 아프게 후벼 파느냐?"

긁힌 다리의 주인이 고함을 치며 화를 냈다.

그러자 한참을 남의 다리만 긁던 사내가 시끄럽다는 듯이 귀를 후비며 말했다.

"세상에 제 다리도 다 못 긁는데 남의 다리를 긁어 주는 푼수가 어디 있단 말이오?"

누구의 잘못인가?

장터에 물건을 팔러 타지에서 모여든 사람들이 함께 모여 깊은 잠에 빠져 있었다.

한 사내가 자다가 오줌이 마려워 부시시 일어났다. 뒷간으로 가려고 발을 옮기다가 잠이 설깨어 그만 남의 얼굴을 밟고 말았다. 밟힌 사람이 깜짝 놀라 소리쳤다.

"눈깔을 없는 놈이냐? 남의 얼굴을 밟게!"

사내는 버럭 욕설을 듣고 나니 기분이 상하여 미안하다고 하려던 말이 슬그머니 입 속으로 들어가 버렸다.

"발에 눈깔 달린 것 봤냐? 네 놈은 얼굴에 눈이 두 개나 달렸으면서 어찌 내 발이 지나가는 것을 못 보았더란 말이냐?"

사내가 미안한 기색 하나 없이 오히려 당당하게 버럭 화를 내자 얼굴 밟힌 사람은 어안이 벙벙하여 할말을 잃었다.

양반 새우젓장수

어느 양반이 입 달린 식구는 많은데 농사 지을 땅뙈기도 없고 특별한 기술이 있는 것도 아닌지라 새우젓장수를 하게 되었다. 그런데 "새우젓 사시오!"라고 경어敬語를 쓰는 것이 모름지기 양반의 신분으로 아니꼬운 생각이 들어 한참을 고민했다. 때마침 엿장수가 그의 앞으로 지나갔다.

"엿사시오!"

양반 새우젓장수는 좋은 묘안이 떠올랐다. '사시오'라는 소리를 내지 않기 위해서는 엿장수 뒤를 따라다니면서 엿장수가 "엿사시오!"라고 말할 때 "새우젓도" 하면 경어를 쓰지 않아도 될 일이었다.

그리하여 양반 새우젓장수는 엿장수 뒤만 졸졸 쫓아다니면서 장사를 했다. 엿장수가 장사를 잘하여 일찍 판을 접으면 새우젓장수도 덩달아 장사를 그만두었다. 그리고 다음날이면 다시 엿장수를 따라다니며 "엿 사이오!" 하면 "새우젓도" 했다.

울리고 웃기고

정 선달과 박 건달이 동행하여 여행하다가 정자 아래에 앉아 쉬고 있을 때 숲에서 젊은 중이 걸어나오는 것을 보았다. 박 건달에게 정 선달이 내기를 걸었다.

"저기 오는 중을 울리기도 하고 웃기기도 하겠는가?"

"초면의 사람에게 어찌⋯⋯. 자네는 할 수 있단 말인가?"

"그야 할 수 있지. 내가 이기면 저녁 술값은 자네가 내겠는가?"

"물론이지. 오늘만이 아니라 일주간 내가 내겠네."

마침 젊은 중이 앞을 지나가자 정 선달이 쫓아가서 그의 앞을 가로막고 서서 한참을 보고 있다가 울기 시작했다.

"아이구 아이구 엉엉⋯⋯."

중은 무슨 영문인지 몰라 눈만 커졌다.

"왜 이러십니까? 무엇 때문에 소승을 보시고 우십니까?"

정 선달은 대답은 않고 이번에는 손으로 중의 머리를 쓰다듬으며,

"어쩌면 이렇게도 닮았느냐?"

하고 더욱 서럽게 울었다.

옛날 중은 대부분이 고아를 키워 입승入僧시켰기 때문에 가정적으로는 불운하여 부모형제나 일가친척에 대해서 특별한 애정을 갖고 있었다.

"가족 중에서 소승과 닮은 분이 있습니까?"

"아이구 세상에 닮기로소니 이렇게 같을 수가 있을까?"

정 선달은 대답은 않고 더욱 서럽게 큰소리로 울기만 했다. 젊은 중도 어렴풋이 어릴 적 기억이 나서 자신도 모르게 눈물을 흘리기 시작했다. 점점 그 서러움이 복받쳐 걷잡을 수 없이 커져 눈물이며 콧물이며 얼굴이 범벅이 되었다. 정 선달은 젊은 중의 손을 잡고 정자에 앉히고는 바짓가랑이를 거두어 올리더니 무릎을 중의 앞에 쑥 내밀었다.

"어쩌면 당신 머리와 내 무릎이 이렇게도 똑같을 수 있소?"

방금 전까지 울던 정 선달은 허리를 젖히고 호탕하게 웃었다.

"하하하하, 보시오! 당신의 민둥머리가 내 무릎과 닮아도 너무 많이 닮지 않았소?"

따라 울던 중은 너무나 어이가 없고 민망하여 어색하게 허허! 웃고는 가던 길을 재촉하여 떠났다.

정 선달은 일주일 내내 허리끈을 풀고 마음껏 술을 즐겼다.

신 찾기

여러 사람이 사랑방에 모여 밤 늦게까지 이야기를 나누었다. 그
중에 평소 잠이 많아 거리를 걷다가도 조는 사내가 있었는데 역시
그날도 대화 중에 졸음이 쏟아져 곤하게 잠이 들었다.

밤이 깊어지자 하나둘 피곤한 기색이 돌더니 자리가 마감되었다.
다음 날을 기약하며 여러 사람이 일어나 사랑방을 나가는 바람에
한쪽 구석에서 자고 있던 사내도 눈을 부비며 일어났다. 신발 한 짝
은 신고 다른 한 짝은 손에 든 채 뜰에 놓인 신발들을 보면서 한참
동안을 서 있었다.

"어허! 내 신 한 짝이 없네."

곁에 섰던 사람이 사내의 모습을 보고 웃으면서 말했다.

"이 사람아! 한 짝은 신었잖나?"

"글쎄, 한 짝은 신었어."

"한 짝은 손에 들었잖나?"

"글쎄, 한 짝은 손에 들었다구!"

"그러니까 결국은 다 있는 거잖아."

"어디 한 짝밖에 더 있나?"

"……"

주근깨 얼굴과 곰보 얼굴

현감의 생일 잔치에 초대받은 관내 선비들이 술잔을 주거니 받거니 하면서 즐겼다. 마을에 예쁘다고 소문난 기생들도 불려 와 취흥을 돋우고 있었는데, 그 중에 곰보 선비가 주근깨 기생을 옆으로 끌어당겨 앉혔다.

"네 얼굴에 주근깨가 많아서 기름을 짜면 여러 말을 짜겠구나."

주근깨가 많은 기생은 노래솜씨만큼 말솜씨도 워낙 좋은 터라 기분 좋게 받아넘겼다.

"생원님의 얼굴에는 벌집이 많아서 꿀을 뜨면 여러 섬을 뜨겠습니다."

좌중이 이를 듣고 떠나가도록 손뼉을 치며 웃었다.

"나의 생일 선물로 그대들의 기름과 꿀을 즐겁게 받겠소이다."

현감은 술잔을 높이 들고 껄껄 웃었다.

반귀머거리 가정

옛날 어느 한 가정의 식구들이 모두 반귀머거리였다. 동문서답은 기본이요, 별말 아닌 것으로 다투기도 하였고, 곧 아무런 일도 없었다는 듯 일순간 조용해지기도 했다. 그런데 하루는 이웃집에서 괭이를 빌리러 왔다.

"영감님, 광이(괭이의 옛말) 좀 빌려 주십시오."

영감은 '광이'를 '관'으로 알아듣고 자기 부인에게 말했다.

"여보! 이웃에 사는 아무개가 글쎄, 관을 빌려달라고 왔소."

부인은 '관'을 '광'으로 듣고 며느리를 불렀다.

"너희 시아버지가 광에 둔 술을 달라 하시니 가져다 드려라."

며느리는 '광'이라는 글자를 '과'로 듣고 기분이 상했다.

"과부되어 이렇게 사는 것도 서러운 마당에 꼭 과부라 부르셔야겠습니까?"

광이를 빌리러 온 사람은 정신이 하나도 없었다. 가만히 서서 그 광경만 바라보다가 광이는 보지도 못하고 그냥 돌아갔다.

감방 판결

    감옥監獄에서 신고식(申告式 : 일종의 모의재판)이 있었다. 판사 역할을 맡은 감방장이 새로 들어온 죄수에게 심문을 했다.

    감방장은 죄수, 갑에게 물었다.

    "너는 무슨 죄로 이곳에 들어왔느냐?"

    "저는 아무런 죄도 없습니다."

    "그것은 내가 판단할 터이니 있었던 일이나 사실대로 말해 보아라."

    "네! 어느 마을을 지나다가 길가에 고삐가 떨어져 있기에 그냥 집어들고 왔습니다. 그런데 고삐 끝에 소가 묶여져 있더군요. 이것도 죄라고 잡혀 왔으니 억울합니다."

    "그것은 본의던 아니던 간에 절도죄니라."

    감방장은 이번에는 죄수, 을에게 물었다.

    "너는 무슨 죄로 왔느냐?"

    "나야말로 정말 죄가 없소이다. 냇가에서 심심한 마음에 돌던지기를 하였는데 하필 멱감고 있던 사내가 물 밖으로 나오다가 그곳에 맞아 다쳤소이다."

    "그것은 상해죄다. 그에게

억하심정이 없었다 해도 상처를 입혔으니 죄가 성립된다."

감방장은 마지막으로 죄수, 병에게 물었다.

"너는 무슨 죄로 왔느냐?"

"나는 이웃집에 가서 배 위에 잠시 엎드려 있었는데 그게 죄라고 끌려왔습니다."

"배 밑에 여자가 있었지?"

"뭐 그렇긴 하였지만…… 그렇다고 이렇게 끌려올 일은 아니지 않습니까?"

"그것은 강간죄니라."

공짜로 먹는 잣

심 건달이 장에 가서 과실전을 기웃거렸더니 주인이 다가왔다.

"무엇을 사시렵니까?"

심 건달은 잣을 가르켰다.

"이것이 무엇입니까?"

"잣이오."

심 건달은 잣을 한 주먹 집어 입에 털어 넣었다. 입안 가득 잣향이 풍기며 고소한 맛에 기분이 좋아졌다. 한참을 먹고 나니 뱃속이 미식거려 그만 두고 이번에는 과실전 주인이 추워서 남바위를 쓰느라 기둥에 걸어놓은 잣을 가리키며 물었다.

"저것은 무엇입니까?"

"잣이오."

"그럼, 이만 가보겠습니다. 주인님 맛있게 잘 먹었습니다."

심 건달이 가게를 나오려 하자 주인이 놀라 붙잡았다.

"잣 값은 주고 가야지요."

"아니 주인님이 자시라고 권하기에 먹었는데 무슨 잣 값을 달라는 것이며, 가시오 하기에 인사까지 했는데 왜 붙잡습니까?"

"허허…… 참……."

과실전 주인은 심 건달의 뒷꽁무니에 소금을 한 됫박 부었다.

장님의 등불

김 씨는 오늘따라 늦은 시간까지 국밥을 말아달라는 손님이 있어 늦게서야 가게문을 닫고 집에 가려니 캄캄한 밤이었다. 흐린 하늘에 달도 보이지 않아 사방이 어두워 한걸음 한걸음 내딛기가 조심스러웠다.

한참을 걷고 있는데 저 멀리 등불을 밝히며 걸어오는 사람이 보였다. 오른손에는 지팡이를 들고 왼손에는 등불을 들고 밤길을 걷는 사람은 다름 아닌 이웃집 장님이었다.

"장님이 등불이 무엇에 필요하여 들고 다니십니까?"

그러자 장님은 웃으며 대답했다.

"이 등불은 내가 보는 데 필요한 것이 아니라 어두운 밤에 다른 사람들이 나를 피해 가면 내가 안전하게 길을 갈 수 있기 때문에 들고 다니는거요."

장님은 등불을 흔들며 밤길을 재촉했다.

뒷간세

막동이가 서울 구경을 나왔다. 아침에 너무 급히 서두르다 보니 뒷간에 가지 않은 것이 이제서야 속을 썩였다. 당장이라도 바지에 쌀 것 같아 이리저리 눈을 돌리다가 마침 대문이 조금 열린 집이 있어 들어갔더니 여종이 있었다.

"내가 똥을 쌀 지경이니 뒷간을 좀 빌려 주시오."

"안채에 있는 뒷간밖에 없어서 안 됩니다."

"내가 돈 닷 냥을 주겠으니 잠깐만 빌려 주시오."

여종이 생각하니 돈 닷 냥이면 그동안 갖고 싶어도 비싸서 살 수 없던 박하분 하나 사겠다 싶어 돈을 받고 뒷간을 내주었다.

그러나 막동이가 뒷간에 들어간 지 한참이 되었건만 나올 생각을 하지 않았다. 여종은 아씨에게 들킬 것만 같아 불안했다.

"여보세요, 어디 아프신가요? 왜 나오질 않습니까?"

그러자 막동이 헛기침을 하고는 대답을 했다.

"전세를 들었으니 전셋값을 뺄 때까지는 기다려야지요."

"그런 법이 어디 있어요? 빨리 나오세요."

여종은 아씨에게 들키기라도 함까봐 안달이 나서 뒷간 문을 두들겨 보지만 막동이는 나올 기미를 보이지 않았다.

"알았어요, 돈을 다시 돌려 줄 터이니 빨리 나오세요."

여종은 돈을 돌려주자마자 대문 빗장을 굳게 잠갔다.

밤새도록 오줌을 눈 김백곡

 김백곡金白谷이가 여름철에 잠을 자다가 오줌을 누러 뒷간을 가려고 일어났다. 때마침 장마 기간이라 밖에 비가 내리는고로 마루 끝에 서서 바지춤을 내리고 오줌을 누었다. 그런데 오줌 소리가 그칠 때가 지났는데도 끊이질 않자 김백곡은 바지도 올리지 못하고 계속 서서 오줌을 누었다.

 닭이 울더니 곧 날이 밝았다. 사방이 환해져 자세히 보니 오줌 소리가 아니라 처마에서 낙수물 떨어지는 소리였다. 밤새 서서 오줌 누기를 했던 김백곡은 그제서야 바지춤을 올리고 아픈 다리를 질질 끌며 방 안으로 들어갔다.

도둑의 의리

　도둑이 부잣집에 들어갔으나 주인이 늦은 시간까지 자지 않고 있을 뿐 아니라 개가 짖어 옆집 담을 넘어 숨어들었다.

　부부가 정답게 도란거리고 있었다.

　"옆집 개가 짖더니 인기척이 있는 것으로 보아 우리 집에 혹여 도둑이 들어온 것 아닌가?"

　"저녁도 굶고 내일 아침거리도 없는 우리 집에 훔쳐갈 것이 뭐가 있다고 도둑이 들어오겠어요."

　"내 당신에게 항상 미안한 마음이 크오. 곱게만 자란 당신을 데려다가 고생만 시키고 있으니 말이오."

　"그리 생각지 마세요. 당신의 글읽는 모습을 볼 때마다 얼마나 행복한데요. 저는 믿어요, 당신의 그 노력이 언젠가는 가난하고 어려운 사람들을 위해 크게 쓰여지리라고요."

　도둑이 한켠에서 이들의 대화를 듣고 불쌍한 마음이 들어 돈 닷냥을 문 앞에 놓고 갔다. 아침에 부인이 일어나 보니 돈이 있기에 양식을 사서 며칠 동안 잘 지냈다.

복방귀

갓 시집온 며느리가 처음으로 시댁 친척들을 뵙고 절을 하다가 느닷없이 '뿌웅' 방귀를 뀌었다. 며느리가 당황하여 어쩔 줄 몰라 하자 시어머니는 난처한 마음을 아는지라 웃으며 말했다.

"애야, 나도 시집 와서 어른들께 인사드릴 때 너처럼 방귀를 뀌었더니 첫아들도 낳고 재산도 백 석 부자가 되었단다."

시어머니의 말로 인하여 분위기가 바로잡혔다. 그런데 며느리가 무안한 마음을 참고 다시 절을 하다가 그만 또 방귀를 뀌었다.

"오, 너는 맏으로 아들 형제에 이백 석은 하겠구나."

사람들은 웃음이 나오려는 것을 시어머니의 말에 조용히 참았다. 며느리도 그로 인해 부끄러움을 덜게 되었다.

며느리는 자리를 옮겨 또 다른 식구들에게 절을 하다가 또 염치 없이 방귀를 뀌었다. 며느리는 얼굴이 홍당무처럼 붉어졌고, 쥐구멍이라도 있으면 숨고 싶은 지경이었다.

시어머니는 며느리의 모습이 안쓰럽기도 하고 오죽 긴장했으면 그랬으려나 하는 마음에 오히려 귀여웠다.

"맏으로 아들 삼형제를 안겨 주고 벼 오백 석은 하겠으니, 과연 복덩이 며느리구나."

며느리는 시어머니의 너그러움에 감동하여 효심으로 봉양했다.

돈 빼앗고 옷 바꿔 입은

날씨가 쌀쌀한 겨울날에 나그네가 재를 넘고 있었다. 아내가 밤새 만들어 준 솜옷에 여비도 두둑했던 터라 기분이 좋았다.

그런데 별안간 숲 속에서 검은 물체가 불쑥 튀어나왔다.

"가진 돈 다 내놓아라!"

나그네는 목숨이 위태로운 마당에 돈이 다 무슨 소용이 있을까 싶은 마음에 저항하지 않고 순순히 돈주머니를 내주었다. 도둑이 나그네의 옷을 더듬어 보았지만 더 이상 아무것도 없었다.

"너 다른 데 가서 여기서 도둑맞았다는 말하지 말아라!"

"네, 알겠습니다. 알고 말고요."

나그네는 놀란 가슴을 안고 발걸음을 재촉했다. 다리가 떨려서 걸음이 뜻대로 걸어지지 않았다. 그런데 뒤에서 발자국 소리가 들리더니 도둑이 다시 뒤쫓아왔다.

"네 옷도 바꿔 입자."

솜옷을 빼앗기고 헌옷을 받은 나그네는 뒤도 돌아보지 않고 뛰었다. 재를 벗어났을 무렵에서야 서서 숨을 고르고 얼어붙은 손을 주머니에 넣어 보았더니 빼앗겼던 돈주머니가 만져졌다. 비록 솜옷은 빼앗겼지만 돈을 찾게 된 나그네는 무척 기뻐했다.

건망증 있는 사나이

건망증이 심한 선비가 자기 집 후원에 있는 대나무로 장대를 만들기 위해 낫을 들고 집을 나섰다. 막 대나무밭에 도착하자 갑자기 아랫배가 아파오더니 급하게 똥이 마려웠다.

선비는 낫은 땅에 놓고 갓은 대나무 가지에 걸어 놓고서 똥을 누었는데 그 동안에 그만 건망증이 도졌다.

똥을 다 누고 일어나려 하자 갓이 머리에 부딪쳤다.

"어떤 놈이 여기다 갓을 버려두었을까? 오늘 재수 좋네!"

갓끈을 매고 돌아서다가 이번에는 자기 똥을 밟고 미끄러졌다.

"앗따! 어떤 놈이 여기다 똥을 누었을꼬?"

선비는 똥 묻은 신을 풀에 문지르다가 낫을 발견했다.

"어허, 낫이 하나 공짜로 생겼구나."

낫을 집어든 선비는 무엇을 해야할지 몰라 자가 집을 내려다보며 한참을 멍하니 서 있었다. 마침 뒷마당에서 바람을 쐬던 부인과 눈이 마주쳤는데, 아내가 보니 자기 남편의 눈이 퀭한 것이 건망증이 도진 것이 분명했다.

"여보…… 여보……."

부인은 손을 흔들며 남편을 불렀다. 건망증 심한 선비는 손을 눈 위에 대고 한참을 쳐다보았다.

"아니, 저 여자를 내가 어디서 많이 보긴 하였는데 누군지 생각이 나질 않네……."

남편이 내려오지 않고 계속 쳐다보기만 하자 아내는 더욱 큰 소리로 남편을 불렀다.

"여보…… 여보…… 내려 오시오!"

"허허! 남녀가 유별한데 남의 남자에게 말을 자꾸 거니 뉘집 여자인지는 몰라도 그집 남편 속 좀 많이 썩었겠구나."

부인은 하는 수 없이 대밭으로 올라와 선비를 데리고 집으로 돌아갔다.

역시 고기맛이 좋아

어떤 부자 구두쇠가 있었는데 반찬은 언제나 두부 한 가지만 먹었다. 어느 날은 친한 친구가 찾아와 함께 식사를 하게 되었다.

상에는 여느 날처럼 밥과 두부 반찬만 놓여 있었다. 구두쇠는 속으로 민망하였지만 내색하지 않았다.

"모처럼 왔는데 반찬이 두부밖에 없어 미안하네. 나는 얼마 전 속병을 앓은 이후로는 두부밖에 먹지 않는다네."

"별말을 다 하는구려. 이만하면 되었지."

친구는 밥 한그릇을 말끔히 비웠다.

그후 부자 구두쇠가 친구의 집에 들렀는데 식사 때가 되어 방으로 상이 들어왔다. 두부와 고기를 넣어 지지고, 볶고, 국을 끓여 반찬이 한상 가득이었다.

"자네가 두부를 즐긴다고 하기에 특별히두부와 고기를 넣어 만든 반찬인데 입맛에 맞을까 모르겠네."

구두쇠는 두부는 먹지 아니하고 고기만 골라 먹었다.

"역시 두부보다는 고기맛이 좋군……."

통근차 석탄 냄새는 왜 구리다더냐?

며느리가 시아버지의 아침상을 들고 방문턱을 넘어가다가 느닷없이 방귀를 뿡뿡뿡! 뀌었다. 무거운 상을 드느라고 참을 새도 없이 새어나온 것이다.

며느리는 무안하여 얼굴이 붉어졌다.

"오늘 아침 통근차는 왜 늦게 갈까요?"

당황해하는 아내를 생각하여 남편이 슬그머니 방귀소리를 기차소리로 둘러댔다.

아내를 감싸는 아들의 행동에 눈꼴이 시린 시아버지가 말했다.

"아따, 통근차의 석탄 타는 냄새는 왜 이리 구리다냐?"

결국은 같은 값

성미 급한 사내가 오랜만에 친구를 만나 주막에서 술을 먹게 되었다. 평상에 오르기 위해 신발을 벗으려고 보니 신발이 친구의 것과 똑같았다.

"어라! 자네 신발이 내 신발과 똑같네."

"그러게, 오래 사귀다 보니 취향도 비슷해지는 모양이네."

"나는 엊그제 장에 나갔다가 샀는데 자네는 어디서 샀는가?"

"나는 집으로 신발장수가 찾아왔길래 사두었지."

"얼마 주고 샀는가?"

친구는 신발 한짝을 들어올리며 대답했다.

"닷 냥 주고 샀네."

그러자 성미 급한 사내가 벌떡 일어나서는 화를 내었다.

"뭐여! 나는 열 냥 주었는데. 내가 장터에까지 나가서 샀는데 갑절이나 받아먹어! 내 그놈의 신발장수를……."

얼굴까지 붉어지며 당장에라도 쫓아갈 태세였다.

"아, 이 사람아. 이 발에 신은 것이 닷 냥이니 양쪽 발의 것을 합치면 열 냥 아닌가?"

그제서야 화가 누그러진 사내는 친구와 오랜만에 회포를 풀었다.

노랑이 부자의 패가

어느 마을에 노랑이로 소문난 부자 영감이 살았다. 그는 언제나 보리밥만 먹었고, 고기도 명절이 되어야 겨우 맛만 볼 정도였다. 무명옷은 구멍이 날 때마다 하도 기워 입어서 원래의 모양을 잃은 지 오래였다.

그런데 여자만큼은 무척 밝혔다. 그러나 돈이 아까워 첩을 못 얻고 있었는데 아내가 병을 얻어 오랫동안 앓게 되자 밤마다 고독을 참기 어려워 중매쟁이를 불러 첩을 부탁했다.

"천하일색의 처녀가 하나 있는데 그 부모 말이 젊은 딸을 늙은이에게 보낼 때에야 덕이나 좀 보겠다는 마음 아니겠냐며 땅 몇마지기를 달라 하는데요."

늙은 영감은 아내가 박색인 것이 불만이었던 터라 미인 처녀라는 말에 좋아서 즉각 첩으로 맞이했다.

영감은 한시도 첩의 곁을 떠나지 않고 푹 빠져 보냈다. 그러는 사이 모아 놓은 돈이 점차 없어져 망하게 되었다. 첩은 밤사이 몰래 도망하였고, 그 충격으로 영감은 병석에 드러누웠다.

"내 이럴 줄 알았소. 재산이란 늘지 않으면 줄 게 마련인데 돈을 그렇게 물쓰듯이 했으니 망할 수밖에요."

그사이 몸을 회복한 아내만이 영감의 옆을 지켰다. 영감은 후회했지만 이미 엎지러진 물이었다.

염치 없는 대식가

부잣집 잔치에 많은 손님이 초대되었다. 주인은 음식을 푸짐하게
준비하여 상다리가 휘어지도록 대접했다.

손님 중에 한 사람이 자기 몫의 음식을 재빠르게 먹고 앞사람의
몫까지 먹기 시작했다.

"여보시오, 독상인 줄 아시오?"

그러자 잠깐 고개를 들어 얼굴을 쳐다보더니 괘념치 않는다는 듯
여전히 음식을 씹으며 말했다.

"당신과 나는 한 상에서 함께 먹게 되어 있지 않나요?"

"어라! 함께 먹는 사람이 있다는 것을 알고는 있군!"

그는 아무 대꾸도 없이 다시 먹기 시작했다. 앞에 앉은 손님이 주
인을 불렀다.

"여기 촛불 좀 켜주시오."

"불을 켜기에는 아
직 이르지 않습니까?
사방이 밝은데요."

"그런 것이 아니라 제
눈에는 먹을 음식은 보이
질 않고 빈 그릇만 보이기
때문에 그러는 것이오."

주인은 뜻을 알아 듣

고 음식을 새로 준비하여 상에 놓았다. 그러자 염치 없는 대식가는 방금 가져온 음식까지 먹어댔다. 앞에 앉은 손님이 하도 어이가 없어 한참 동안 그의 먹는 모습을 쳐다보다가 말했다.

"당신, 무슨 띠요?"

"개띠요. 그런데 그것은 왜 물으시오?"

"개띠라니 다행이오. 만일 소띠었더라면 오늘 잔치 음식을 혼자 다 먹어도 모자랄 뻔하였는데……."

그는 모욕을 주는 말이라는 것도 알지 못한 채 먹는 데만 여념이 없었다.

부자가 되는 법

젊을 때부터 하도 구두쇠같이 행동하여 본래 이름은 잃어버리고 노랑이로 불리는 부자 영감이 있었다. 나이가 들어 이제는 죽을 날이 얼마 남지 않자 아들들을 불러다가 유언을 했다.

"부자가 되는 법은 모르면 어렵지만 알면 쉬운 것이다. 오늘은 아무에게도 말하지 않았던 방법을 알려 주고자 한다. 먼저 바깥 도적을 내쫓은 다음 안도적을 없애 버려야 한다."

아들들은 눈을 반짝이며 노랑이 영감의 말에 집중했다.

"바깥 도적은 바로 눈·귀·코·혀·몸뚱이니라. 먼저 눈이란 항상 아름다운 것만 보려 하는데 사람의 마음은 본시 욕심의 끝이 없어 좋지 못하다. 그러니 아내를 고를 때에는 눈의 만족을 위한 사람을 만나지 말고 자식 낳고 화목하게 살면 된다는 생각을 하거라. 물건도 튼튼하고 오랫동안 쓸 수 있는 것으로 사야 한다.

둘째 귀도 본시 듣기 좋은 소리만 들으려 하지만 남들이 무어라 하든간에 내 실속을 먼저 차리도록 해라. 돈 주고 음악 소리를 취하지 말고 바람소리, 새소리, 물소리 같이 돈 안드는 소리를 즐겁게 듣도록 해라.

셋째 사람의 코란 마굿간의 쇠똥냄새라 해도 많이 배면 구수하게 여기는 법이니 굳이 좋은 냄새만을 쫓을 필요가 없느니라.

넷째 혀를 만족시키는 고량진미만 먹지 말고 보리밥이라도 배불리 먹을 수 있다면 그것으로 만족하며 살도록 해라.

마지막으로 몸뚱이를 편하게 하는 것은 사치와 낭비라는 것을 항상 염두에 두고 검소한 생활을 해야 한다. 그렇지 않으면 이들은 어느 날 도적으로 변하여 너희들의 모든 것을 빼앗아 갈 것이다.

안의 도적은 인·의·예니라. 먼저 인(仁)을 지켜 남에게 착하게만 하다가는 재산을 모을 수가 없다. 또한 의리(義)만을 소중히 여기면 본래 있던 것마저 잃을 수 있으니 항상 조심해야 한다. 마지막으로 예의(禮)는 모른 채 할수록 좋으니 주변의 일에 관심을 끊고 사는 것이 재물을 지탱하는 현명한 방법이니라. 이렇게 살면 비록 노랑이라는 말을 듣긴 해도 부자가 될 수 있으니 기억해 두거라.”

아들들은 아버지가 노랑이 영감이라 불리는 이유를 알게 되었다.

욕심

마을에 잔치가 열리면 사람뿐만 아니라 동네 떠돌이 개나 고양이
도 고기 한 점 얻어먹을 수 있으니 이래저래 신나는 날이다.

얼굴에 먹 같이 검은 점이 커다랗게 있어 동네 아이들에게 먹구
라 불리는 개가 잔치에서 얻은 큰 고깃덩이를 입에 물고 다리를 건
너가고 있었다.

파리 한 마리가 눈앞에 얼쩡대는 바람에 고개를 이리저리 돌리다
가 다리 아래를 내려다 보니 개 한마리가 저보다 큰 고깃덩이를 물
고 서 있는 것이 보였다.

체구도 저와 비슷해 보이고, 물고 있는 고깃덩이가 커 보이자 먹
구는 그것을 빼앗고자 하는 욕심이 생겼다.

"으르르! 으르르!"

위협을 하였더니 상대도 질세라 무서운 표정을 지으며 먹구를 노
려봤다. 먹구가 흰 이를 드러내며 더욱 사납게 으르렁대자 상대도
이를 드러냈다.

화가 머리끝까지 치민 먹구는 앞다리에 힘을 주고 땅을 굴러 아
래로 뛰어 내리면서 그 개를 물려고 입을 딱 벌리고 덤볐다. 찰나
고깃덩이는 놓쳐 달아나고 온 몸은 물속에 곤두박질 쳐졌다.

먹구는 물살에 휩쓸려 한참을 떠내려가다 다행히 바위에 걸려 살
았지만 이미 고깃덩이는 눈 앞에서 없어졌다.

무당

　어느 마을에 이름난 무당이 있었다. 하루는 그의 집으로 무당 일을 배우겠다며 젊은 여자 하나가 찾아와 제자가 되었다.

　그런데 무당은 잔심부름만 시킬 뿐 도무지 일을 가르쳐 주지 않았다. 슬그머니 화가 났지만 별다른 도리가 없어 선생이 굿하는 것만 보고 지냈다.

　어느 날 선생 무당이 출타하고 없을 때 손님이 찾아왔다.

　"아이가 갑자기 병이 나서 위급하니 굿을 해주시오."

　"선생님은 출타 중이시라 굿할 사람이 없습니다."

　"당신이 있지 않소? 아이가 위태하니 대신 빨리 좀 갑시다."

　아이의 아비가 어찌나 간절히 청하는지 거절하지 못하고 그 집으로 가서 삼색 실과와 주과포를 장만하여 북을 치고 춤추며 경문을 읊었다. 본 적은 많아도 처음 해보는 것이라 기억이 안 나는 것은 빼고 아는 것만 두서없이 외웠다. 이렇게 몇 시간 동안 뛰놀았더니 전신에서 땀이 흐르고 지쳐 끝을 냈다.

　어린아이는 다행히 병세가 호전되었다. 젊은 무당은 천우신조의 덕이라 여기고 마음 속으로 깊이 감사했다. 집주인은 몇 번이나 고개를 숙여 인사하고 후하게 사례했다. 젊은 무당은 선생을 잘 만나 보고 배운 것이 많았다고 여기고 감사했다.

　집에 돌아왔더니 선생 무당이 기다리고 있었다.

　"아이의 처지가 불쌍하여 부족하지만 제가 선생님을 대신하여

굿을 했습니다. 엉터리 굿이었는데도 다행히 효험이 있어 사례금
도 후하게 받았습니다."

젊은 무당은 사례금을 모두 선생 무당에게 내놓았다.

"굿이라는 것이 본래 다 그런 것이다. 사람의 마음을 안정시키고
어루만지니 어떤 병이라도 호전되지. 너도 이제는 무당 노릇을 할
수 있게 되었구나."

선생 무당은 사례금을 다시 돌려주며 제자를 집으로 돌아가도록
했다.

누가 바보지?

간밤에 큰 소리가 들려 부자 영감의 온 집안이 들썩였다. 날이 밝아 보니 집 대문이 부서져 있었다. 영감은 서둘러 목수를 불러다 고치게 했다.

그런데 목수의 도끼를 다루는 모습이 영 어설프고 서툴렀다. 아니나 다를까 대문을 달고 보니 문을 걸어 잠그는 빗장이 문 바깥 쪽에 달려 있었다.

"여보! 당신 소경이오? 눈은 멀쩡해 보이는데 빗장을 문 밖에 달아놓다니, 도둑놈을 모셔들일 작정인 게요?"

영감은 목수에게 화를 냈다.

"허허, 소경은 주인 양반이 소경이지 어찌 나란 말이오?

"뭣! 내가 소경이라고?"

영감은 얼굴이 울그락 불그락해졌다.

"아니, 주인 양반이 멀쩡하신 분이라면 나같은 목수를 데리고 올 리가 있나요?"

"……."

따라하다가 그만

건망증이 심한 박 서방이 친구가 상을 당했다는 부고를 듣고 부인에게 물었다.

"문상을 가야 할 텐데, 인사는 어떻게 하는 것이오?"

아내는 자세히 알려 주었지만 박 서방은 이내 잊어버렸다.

"이거 안 갈 수도 없고, 어찌하면 좋지?"

한참을 생각하던 부인이 무릎을 치며 말했다.

"좋은 방법이 있어요. 옆집 최 서방도 갈 터이니 그를 따라가서 그 사람이 하는 대로만 하면 창피를 당할 일은 없을 겝니다."

"그게 좋겠소. 내 최 서방과 함께 다녀오리다."

박 서방과 최 서방은 함께 상가로 갔다. 최 서방이 키가 커서 상주집 방을 들어가다가 문틀에 머리를 받치자 키가 작은 박 서방은 문턱에 올라서서 뛰어올라 머리를 박자 불룩하게 혹이 났다.

최 서방이 '어이어이' 곡을 하다가 침이 목구멍에 걸려 기침하자 박 서방도 곡을 하다가 억지로 '캑캑' 거렸다.

곡이 끝나고 상주와 인사하는데 박 서방이 '뽕뽕' 방귀를 뀌자 박 서방도 억지로 배에 힘을 주어 방귀를 뀌려다가 그만 너무 힘이 과했던지 똥을 싸고 말았다.

"에이! 방귀는 안 나오고 똥이 나오네."

추녀를 첩으로 삼은 박 어사

어사 박문수朴文秀는 경상도 사천이 본가였지만 과거를 치르기 전에 외사촌 동생을 가르치기 위해 진주에 와 있었다. 진주 촉성루에서는 학식 있는 선비들이 모여 시회詩會를 자주 열었는데 박문수도 그곳에 자주 가 기생 일점홍—點紅을 알게 되었다. 미색이 뛰어나고 노래 또한 잘하는 일점홍에게 반한 박문수는 그녀와 어울리는 중에 정이 흠뻑 들어 며칠만 안 봐도 밥맛을 잃을 정도였다.

박문수의 외가 이웃에는 홍 씨 여자가 살고 있었는데, 천하에 둘도 없는 박색이었다. 스물두 살 되던 해에 중매로 간신히 시집을 갔다가 첫날밤에 소박맞고 친정으로 돌아와 서른이 넘도록 남자 구경 한번 못하고 있었다.

"아이를 배고 샛서방질을 하면 삼신이 노해서 저런 추물을 낳게 되는 거야."

우물가에 모여 앉은 아낙네들의 이야기를 우연히 들은 박문수는 그 여자에게 은근한 동정심을 느꼈다.

어느 달 밝은 밤, 삯방아를 찧어 주고 늦게야 집으로 돌아오는 홍 씨를 본 박문수가 측은한 생각이 들어 여자를 불렀다. 무슨 일인가 싶어 다가가자 박문수는 슬그머니 여자의 손을 끌어당겨 방으로 데리고 들어가 부둥켜 안았다. 비록 한번이었지만 남자와 접촉해 본 경험이 있던 여자는 온몸에 불이 붙어 그만 넋을 잃고 몸을 맡겼다. 그후부터는 간혹 박문수의 방에서 통정을 했다.

이듬해 봄이 되자 과거 날짜가 발표되었다. 박문수는 정든 일점 홍과 홍 씨에게 과거를 보러 간다는 인사를 남기고 떠났다. 그리고 는 과거에 알성장원謁聖壯元으로 뽑혀 홍문관 교리가 되었다가 3년 후 암행어사가 되어 진주로 가게 되었다.

소문이 날까봐 진주 외가에는 가지 않고 진주 목사의 비행을 낱 낱이 조사한 연후에, 일점홍의 집을 찾아갔더니 그녀의 어미가 박 문수를 보고 반겼다.

"에고, 박 서방 아니 오? 방으로 들어갑시 다"

"그동안 평안하셨 소? 일점홍도 잘 있었 는가? 나는 과거에 낙방하여 홧김에 난봉을 부리다가 집에서도 쫓 겨나 사방으로 이렇게 걸식하며 다닌다네."

일점홍이 박 어사의 몰골을 위아래로 살피더니 건넌방으로 가서 옷을 갈아입고 나가면서 어머니에게 화를 내었다.

"엄마는 소견 없이 저런 거렁뱅이를 방으로 불러들였소? 당장 내 쫓아요!"

박 어사는 화가 치밀어 일점홍의 집을 나와 씩씩거리며 객주로 가는데 소매를 붙드는 사람이 있어 돌아보니 추녀 홍 씨였다.

"서방님 그동안 안녕하셨어요?"

박 어사는 그녀를 따라 집으로 갔더니 그동안 어머니는 죽고 혼 자 살고 있었다. 박 어사는 과거에 실패하여 거지가 되어 돌아다닌 다고 말하자 홍 씨는 농 안에서 새 명주옷 한 벌을 꺼냈다.

"이 옷은 돌아오시면 드리려고 장만한 것이니 입으십시오."

이내 따뜻한 저녁상을 들여 와 시장했던 박 어사는 한참 맛있게 밥을 먹는데 뒤곁에서 '우지끈 뚝딱' 하는 소리가 들리더니 곧 홍 씨가 방으로 들어왔다.

"무엇을 부수는 소리가 들리던데……."

"서방님께서 과거를 보러 가신 후에 단을 쌓고 삼 년 동안 경상감 사가 되시기를 신명께 빌고 빌었건만 이제 허사가 되었으니 어찌 안 부술 수 있겠습니까?"

눈물을 흘리며 안타까워 하는 홍 씨를 보자 일점홍과 대비되어 더욱 고맙게 생각되었다.

'나의 과거 급제는 너의 정성으로 되었구나.'

다음 날 아침, 박 어사는 다시 헌옷으로 갈아입고 촉성루에 올라 경치를 감상하고는 정오가 가까워지자 고을로 들어갔다.

동헌에서는 진주 목사의 생일 잔치가 열려 각지의 수령들과 인근 귀빈들이 기생들과 진수성찬을 즐기고 있었다. 풍악과 기생들의 권 주가가 한참 무르익고 있을 즈음 초라한 차림의 박 어사가 자리를 비집고 들어와 앉았다. 그러나 술을 권하는 사람이 한 명도 없었다.

"여보시오! 진주 목사! 나는 부모님 은덕으로 글자를 몇자 배우 기는 했으나 과거에 낙방하여 과객으로 떠돌아 다니는 중 이곳에 서 성연이 있다 하여 술이나 한잔 얻어먹고 가려고 왔습니다."

진주 목사는 못마땅하여 눈살을 찌푸렸다.

"여봐라! 저 사람에게 음식 좀 먹여서 보내버려라."

통인 하나가 소반에 탁주 한 사발에 콩나물 대가리 얼마를 박 어 사의 앞에 가져다 놓았다.

"진주 목사! 나도 저 기생에게 권주가 한 마디 듣도록 해주시오."

박 어사는 일점홍을 가리키며 말했다.

"고약한 놈같으니라고! 저놈을 빨리 내쫓아버려라!"

통인 몇이 박 어사의 덜미를 잡아 끌어내리려는 순간 "암행어사 출두야! 암행어사 출두야!" 하면서 역졸들이 육모방망이를 휘두르며 달려나왔다. 순식간에 연회장은 비명소리로 가득하고 잔치상이 엎어지고 깨지며 아수라장으로 변했다.

박 어사는 당상에 앉아 진주 목사를 꿇어 앉히고 준엄하게 그의 비행을 꾸짖고 파직한 후에 아전들에게도 벌을 내렸다. 마지막으로 기생 일점홍을 섬돌 아래 꿇어앉혔다.

"이년! 너의 죄를 알겠느냐?"

"옛정을 생각하시어 한번만 용서해 주십시오."

"네 소행으로 봐서는 변방으로 추방하여 관비로 만들 것이로되 네 어미를 봐서 볼기 삼십 대를 명한다."

박 어사는 모든 판결을 마치고 홍 씨를 소실로 정하여 사인보교에 태우고 시녀를 대동시켜 사천 친가로 보냈다. 이를 본 동네 아낙들은 어제까지만 해도 흉을 보았던 추녀 홍 씨를 부러워하며 딸아이들에게 선량하고 진실하면 복을 받게 된다고 교육했다.

욕심 많은 원님

　시골 마을에 새로운 원님이 부임했다. 그는 전임지에서 지나치게 욕심을 부렸던 것이 조정에 알려져 그 벌로 촌구석으로 쫓겨 내려 온 것이었다.

　그런데도 사람의 본성은 쉽사리 변하지 않는지라 다시 나쁜 마음 이 머리를 쳐들었다.

　"김 영감에게 가서 내가 보고자 한다고 전하라."

　간교한 꾀를 생각해 낸 원님은 김 영감을 동헌으로 불러들였다.

　"나라에서 우리 고을로 여기 적힌 대로 물자를 구해오라고 배정 하였으니 이것을 구해 오시게나. 내가 생각하기로는 당신이 적임 자 같으니 열흘 안에 부탁하오."

　쪽지에는 첫째 이 세상에서 가장 큰 것, 둘째 십이탕, 셋째 백 가 지 나물을 보내라고 적혀 있었다.

　촌부자는 원님이 자기 재산 을 빼앗으려는 마음에서 내 린 명령인 것을 알고 있었지만 별다른 해결 방법이 떠오르지 않아 앉은 채로 패가할 것을 생각하니 기가 막혀 머리를 싸매고 자리에 누웠다.

　그러자 신동으로 소문난 열살 된 어

린 아들이 아버지의 근심거리가 무엇인지 궁금했다.

"소자, 아버님의 근심을 조금이나마 나누고 싶습니다. 그 내용을 저에게 알려 주십시오."

아버지는 그동안의 사연을 자세히 설명하여 주었다.

"아버님! 걱정하시지 마세요. 저에게 좋은 생각이 있습니다. 내일 머슴에게 시켜서 야산에 있는 하눌타리를 베어오라 하십시오. 그리고 장에 나가 오리 두 마리와 흰색 가지를 사오라 이르면 간단히 해결될 수 있습니다."

다음 날, 김 영감은 아들이 말한 것들을 머슴에게 들리어 동헌으로 찾아가 원님에게 바쳤다. 원님은 자기가 요구했던 것과는 당치도 않은 것들을 가져왔기에 화를 냈다.

"내가 적어 준 종이를 잃어버렸더냐? 이것이 다 무어냐?"

"분부하신 대로 모두 구하여 왔습니다. 하눌타리는 하늘의 울타리이니 이것보다 세상에 더 큰 것은 없으며, 십이탕은 오리 두 마리로 끓이면 되옵고, 나물 백 가지는 여기 흰색 가지, 즉 백가지가 있으니 이것으로 만들면 되옵니다."

원님은 남의 재물을 탐냈다가 괜시리 창피만 당했다.

우암 대감 뺨 때리고 출세한 안주 병사

우암 송시열 대감이 비가 와서 주막에서 비를 피하고 있는데 한 무리의 병사들이 우르르 들어섰다.

"따뜻한 국밥 좀 말아주고, 잠시 쉬었다 가게 방 좀 내주오."

"빈 방이 많지가 않은데요."

이리하여 우암 대감과 병사가 한 방을 쓰게 되었다.

"여보, 심심한데 장기나 한판 둘까?"

"그럽시다."

우암 대감은 버릇없는 병사의 말에 개의치 않고 곱게 대답했다.

"여보, 영감이 감투를 쓴 것을 보니 무슨 벼슬을 하였나보군? 보릿섬이라도 없애고 동지벼슬이라도 하였소?"

당시 상놈 중에는 보리를 팔아 벼슬을 하는 경우가 간혹 있었다.

우암은 여전히 화를 내지 않고 공손히 대답했다.

"뭐, 벼슬이라고 대단할 것 있겠습니까."

병사는 더욱 얕잡아 보고는 그에게 이름을 물었다.

"에, 성은 송이요, 이름은 시열입니다."

병사는 아뿔싸 하는 생각이 들었다. 일국의 정승이요, 대학자인 우암에게 버릇 없이 행동했으니 십여 년 동안 연줄을 대어 병사 자리를 유지하며 입에 풀칠이라도 했었는데 입 한번 잘못 놀린 죄로 당장 떨어질 것을 생각하니 눈앞이 캄캄해졌다.

우암은 병사의 안색이 급변하는 것을 보았다. 여느 사람들처럼

당장 엎드려 잘못을 구할 줄 알았건
만 오히려 갑작스레 손바닥이
날아오더니 '철썩' 뺨을 때렸
다.

"이 고약한 시골 영감아! 우
암 대감은 일국의 재상이요, 대
학자로서 백성의 존경을 받는 분
인데 어찌 그 이름을 함부로 자칭한단 말이냐? 고약한 놈!"

병사는 자리를 박차고 방을 나가서는 다른 병사들을 이끌고 비를
맞으며 북쪽으로 달아났다.

우암은 병사 일행이 산모퉁이로 사라지는 것을 보고 껄껄 웃었
다. 그에게서 장부로서의 재질을 발견한 우암은 그를 찾아 안주 병
사를 평안 병사로 승진시켰다.

김삿갓의 첫날밤

방랑시인으로 유명한 김삿갓은 그의 삶만큼이나 특별한 첫날밤을 보냈다고 한다.

함경도 단천 하늘에 많은 별들이 수를 놓을 즈음 신랑 김 삿갓은 신부와 하나어 되는 즐거움을 맛보았다.

김삿갓이 이불 속에 누웠다가 일어나더니 불을 켜고 벼루에 먹을 갈았다. 그리고는 붓을 들어 종이에 글을 써내려가기 시작했다.

毛深內闊
必過他人
(털이 깊고 속이 넓으니
반드시 다른 사람이 지나갔도다)

신부가 이불 속에서 누운 채로 신랑의 글쓰는 모습을 쳐다보고 있다가 그와 눈이 마주치자 부끄러움에 얼굴이 붉어졌다. 이번에는 신부가 이불로 몸을 감싸고 일어나 종이에 적힌 글을 읽고는 이

맛살을 찌푸렸다. 그녀는 이불 밖으로 백옥 같이 하얀 팔을 내놓고 붓을 들어 글을 써내려갔다.

後園黃栗非蜂開
溪邊楊柳不雨長
(후원의 익은 밤은 벌이 아니라도 저절로 벌어지며
시냇가의 버들은 비가 오지 않아도 저절로 자란다)

이 글을 본 신랑 김삿갓은 흥이 나서 다시 신부를 끌어안고 이불 속으로 들어갔다.

약혼

산골 마을에 세 친구가 장가를 가지 못하고 노총각으로 지내고 있었다. 그런데 그 중 성실하기로 소문난 서 아무개가 집안 어른의 소개로 어여쁜 여자와 약혼을 했다. 서 아무개는 친구들에게 축하를 받고픈 마음에 술상을 차리고 친구들을 초대했다.

"드디어 총각을 면하고 마누라를 얻게 되었네."

싱글벙글하는 서 아무개의 얼굴을 보자 친구들은 부러운 마음에 심술이 났다.

"뭐? 마누라를 얻어?"

"왜? 나는 마누라를 얻으면 안 되는가?"

"아니, 그런 것이 아니라 총각이 얻으면 처녀를 얻어야지 마누라를 얻어서야 쓰나!"

서 아무개는 조금 기분이 상했지만 다시 웃으며 말했다.

"마음씨 착하고 어여쁜 처녀라네. 자네들이 봐도 좋은 사람이라고 생각할 걸세."

"아니, 처녀이기는 한데 숫처녀는 아니란 말이지?"

서 아무개는 친구들이 축하는 해주지 못할 망정 좋지 못한 말만 하자 기분이 몹시 상했다.

"말꼬투리만 잡고 장난치는 자네들과는 말 못하겠네."

그는 친구들의 손에서 술잔을 빼앗고는 밖으로 내쫓아 버렸다.

평안감사의 벼루를 깬 김 선달

평안감사가 한양 이 대감에게 해주산 용벼루를 진상품으로 봉이
김 선달 편에 보냈다. 김 선달이 그 벼루를 가지고 한양을 가다가
노름판이 벌어져서 하룻밤 묵게 되었다.

벼루를 선반 위에 올려두고 한참 노름을 즐기고 있을 때 심부름
하는 아이가 잘못 건드리는 바람에 바닥에 떨어져 한쪽 귀가 깨져
버렸다.

"아이고, 나으리 죄송합니다. 소인이 그만 실수를 했습니다."

하얗게 질린 얼굴로 잘못을 빌고 있는 아이를 보자 김 선달은 안
쓰러운 생각이 들었다.

"별것 아니니 신경 쓰지 말고 나가보거라."

아이에게 괜찮다고는 했지만 워낙
값비싼 귀한 물건인지라 김
선달도 걱정이 되었다.

날이 밝자 김 선달은 밤 사
이 좋은 묘안이 떠오른지라 얼
굴에 야릇한 웃음이 떠올랐다.
그는 깨진 벼루를 백지에 싸서
자루에 넣고는 어깨에 메었다.

한양에 도착한 김 선달은 곧
장 이 대감의 집으로 향했다.

215

"이리 오너라!"

하인이 빼꼼히 문을 열어보니 행색이 초라한 시골내기가 대문 앞에 서 있었다.

"누구시오?"

"대감님, 안에 계신가?"

"무슨 일이시오?"

"그야 대감님을 뵈러 왔지."

"대감님은 아무나 상대할 정도로 한가로우신 분이 아니시오. 내게 말하면 대감님께 전해 줄 터이니……"

하인의 말이 끝나기도 전에 김 선달은 그를 밀치고 대문 안으로 잽싸게 들어갔다. 하인이 뒤쫓아와 그를 막아서며 어깨를 밀치자 그예 몸싸움이 일어났다. 그렇게 티격태격하는 중에 김 선달은 일부러 벼루가 든 자루를 땅에 떨어뜨렸다.

"어이쿠! 이거 큰일났네."

그리고는 자루를 끌러 백지에 싼 깨진 벼루를 꺼내어 하인의 코앞으로 바짝 보여 주며 큰소리로 나무랐다.

"이놈아! 이게 무엇인 줄 아느냐? 평안감사께서 이집 대감께 선물로 드리는 해주 용벼루인데 네가 밀어 깨져 버렸으니 이를 어쩌면 좋단 말이냐! 나는 평안감사께 죽고 살아 남지 못하게 되었구나. 아아, 내 목숨 같은 벼루……"

김 선달이 집안이 떠나가도록 난리를 피우자 사랑방에 있던 이 대감의 귀에도 그 소리가 들어갔다. 방문을 열어 보니 웬 낯선 사람이 하인을 꾸짖고 있기에 하인에게 물었다.

"무슨 일로 이리 소란이더냐?

하인이 미처 대답하기도 전에 김 선달은 대감에게 절하고 무릎을 꿇고 앉았다.

"저는 평안감사께서 대감께 보내드리는 벼루를 가지고 온 김 선달이온데 하인 저놈이 못들어오도록 밀어부치는 바람에 벼루가 깨져 버렸습니다. 저는 죄를 지어 평안감사를 뵐 낯이 없게 되었으니 어쩌면 좋습니까?"

사건의 전모를 알게 된 이대감은 김 선달에게 말했다.

"내가 평안감사에게 벼루를 잘 받았다고 편지를 써줄 터이니 가지고 가거라."

김 선달은 지혜가 풍부한 사람이었다.

소나기의 유래

무더운 여름 날 마을로 시주를 나온 중이 길가 큰 느티나무 아래 그늘에서 잠시 더위를 피하고 있었다. 오후 내내 들에서 논갈이하던 농부도 더위를 식히러 그늘 안으로 들어왔다.

"오늘도 비는 오지 않으려나 봅니다. 모심기가 계속 미뤄지면 큰일인데, 날이 언제까지 가물려나?"

하늘을 원망의 눈길로 바라보고 있는 농부에게 중이 장삼을 만져 보더니 말했다.

"걱정 마십시오. 오늘 해 저물기 전에 비가 올 겁니다."

"스님 말씀대로 그리 된다면야 얼마나 좋겠습니까. 하지만 벌써 한달째 기다려도 비는 오지 않고 오늘도 저렇게 불같은 태양만 하늘을 채우고 있으니 이젠 혹시나 하는 마음도 없답니다."

"조금만 기다리시면 알 것입니다."

"오늘도 비 오기는 틀렸습니다."

"그럼 우리 내기를 할까요?"

"스님 말씀대로 비가 오면 제가 소를 드리겠습니다. 만약 스님이 내기에서 지시면 저에게 무엇을 주시렵니까?"

"내게 있는 것이라곤 시주얻은 곡식밖에 없으니 이 바랑 채 몽땅 다 드리지요."

이렇게 서로 합의한 다음 농부는 다시 논갈이를 하러 그늘 밖으로 나갔다. 그런데 얼마 되지 않아 바람이 불면서 검은 구름이 몰려와 하늘을 덮었다. 그리고는 굵은 빗방울이 떨어지기 시작했다. 농부는 급히 소를 몰고 느티나무 아래로 다시 왔다.

"스님의 말씀이 신기하게도 맞았습니다. 어떻게 그것을 아셨습니까?"

"소승의 옷은 자주 빨아 입지를 못해서 여름날에는 땀이 배어 소금기가 있지요. 옷이 눅눅해지기에 비가 오겠구나 했습니다."

"내기대로 저의 소를 드리겠습니다."

"아닙니다. 소는 농가에 필요한 것이지 저에게는 쓸모가 없답니다. 그러니 마음 쓰지 마십시오."

잠시 후 비가 그치자 중은 절로 돌아가고 농군은 오랜만에 즐거운 마음으로 논갈이를 계속했다.

이후 갑작스럽게 내리는 비를 일러, 스님과 농군이 소를 걸고 비 오는 것을 내기한 이야기를 빗대어 '소내기'라고 하였다가 점차 '소나기'로 바뀌어 전해졌다.

재치 있는 임기응변

홍선대원군 이하응興宣大院君 李昰應은 고종高宗의 생부로서 섭정 시절에는 세도가 대단했다.

전라도의 한 선비가 엽관에 뜻이 있어 운현궁을 찾아가 대원군을 만나기를 청했다. 마침 대원군은 방에서 젊은 시절부터 계속해오던 난초를 그리고 있었다. 젊어서부터 했던 취미가 여전하여 집권한 후에도 즐기고 있었던 것이다.

전라도 선비가 방으로 들어와 공손히 절했다. 그런데 대원군은 난초를 그리는 데 정신을 쏟느라 그랬는지 본 척도 하지 않았다.

'이거 되게 민망하군. 다시 절을 해야 하나, 말아야 하나?'

전라도 선비는 무안하기도 하고 어찌해야 할 줄 몰라 잠시 머뭇거리다가 대원군이 절하는 것을 못 보았나보다고 생각하고 다시 절을 했다. 그러자 난초를 그리던 대원군이 붓을 집어던지면서 큰소리로 호통을 쳤다.

"이 고약한 놈! 재배는 죽은 사람에게나 한다는 것을 모른단 말이냐! 네게는 내가 지금 죽은 송장으로 보인단 말이지?"

전라도 선비는 우렁찬 대원군의 목소리에 잠시 놀랐지만 곧 안정을 찾고 침착하게 말했다.

"그것이 아니오라 먼저 한 절은 처음 뵈옵고 인사드린 절이고, 나중 절은 분망하신 것 같기에 이만 물러가겠다는 절이었습니다."

대원군은 재치 있는 말솜씨와 눈빛으로 보아 쓸만한 인재라는 생

각을 했다.

"어디서 왔는가?"

"저는 전라도 영광에 사는 김 아무개입니다."

"물러가 있게나."

전라도로 돌아간 선비는 얼마 되지 않아 영광 군수의 자리로 발령받았다.

벼락부자

이화종李華宗은 중국어 역관譯官으로서 연경에 갔다. 그곳 작은 개
울물 바닥이 푸른 점토로 되어 있었는데 그 물이 하도 맑아 신기하
여 가까이 다가갔다. 한손 가득 물을 떠서 마셨더니 그 맛 또한 좋
아 참으로 기이하다 생각하며 푸른 점토 바닥을 막대 끝으로 파보
았더니 팔뚝만한 뼈 같은 것이 나왔다.

하루는 이것을 연경 저자(시장)에 자리를 깔고 내놓았더니 장사꾼
들이 몰려들었다.

"이거 얼마요?"

무리 중에 한 사람이 묻기에 얼마를 부를까 이화종은 잠시 고민
하다가 사람들의 표정을 보니 예사 물건이 아니다 싶어 높은 가격
을 불렀다.

"오만 금이오."

"다시 말해 보시오."

장사꾼들이 수근거
리며 이야기를 하는 모
습을 보니 값비싼 보물
인 듯했다.

"십만 금이오."

장사꾼들은 가격이 더 올라
가기 전에 사야겠다 싶었던지 돈을 모아 십

만 금을 내놓았다.

이화종은 십만 금을 챙겨 넣고는 돌아가려는 장사꾼들의 옷자락을 붙잡았다.

"나는 이것이 보물인 줄만 알지 어디에 쓰는 물건인지는 모른다오. 좀 알려 주시오."

장사꾼은 그것을 도끼로 중간 마디를 내려 찍었다. 쪼개진 사이로 눈이 부실 정도의 광채가 나는 밤알 만한 붉은 구슬이 나왔다.

"이 구슬은 종일 굴러도 멈추지 않는다오. 화룡火龍의 여의주如意珠로서 황후께서 예복 끈에 매달 구슬을 구하는 중인데 당신 덕택에 마침 여기서 구하게 되었소."

이화종은 횡재하여 장 안에서 제일 큰 부자가 되었다.

소만도 못한 대감 아들

어느 마을에 머리 나쁜 아들을 둔 대감이 살았다. 늦둥이라 귀하게만 여겼더니 어릴 적에는 응석만 늘어 아프다는 핑계로 공부를 소홀히 하고, 점차 나이가 들면서부터는 노는 것에만 빠졌다.

열 살이 넘었는데도 글자 한 자 깨우치지 못했으니 대감의 고민이 이만저만이 아니었다. 그래서 덕망 있고 글 잘한다는 선비를 수소문하여 아들의 독선생으로 앉혔다.

"모름지기 이 집안을 꾸려 나가려면, 적어도 글을 읽고 쓰기에 불편함이 없어야 하지 않겠는가? 내 자네의 공은 잊지 않을 것이니 힘써 주시게."

독선생은 그날부터 아들을 가르치기 시작했다. 그런데 얼마나 주위가 산만하고 노력이 부족한지 석달 열흘 동안 '하늘 천(天)' 자하나도 깨우치지 못했다.

"그럼 이번에는 이렇게 해보자꾸나. 내가 먼저 읽을 터이니 따라서 읽어 보거라."

"하늘 천."

"……."

"하늘이란 저기 위에 있는 파란 것이 하늘이다. 하늘 천."

"……."

선생은 하도 답답하여 저도 모르게 화를 내었다.

"너를 가르치느니 차라리 소를 가르치는 것이 낫겠다."

대감 아들은 글 가르치는 말귀는 잘 못알아들으면서도 저를 나무라는 말은 잘 알아들어서 아버지에게 달려가 고자질했다.

"아버지, 저 선생님한테 글 배우기 싫습니다. 저보고 소만도 못하다고 하였어요."

금이야 옥이야 키워온 외아들을 소와 비교한 것도 기분이 상한데, 더욱이 소보다도 못 하다는 말을 했다니 대감은 화가 머리 끝까지 치밀었다. 대감은 독선생을 불러다 앉혔다.

"듣자하니 네가 내 아들에게 소만도 못하다고 했다지?"

"예, 하늘 천자를 석달 열흘 동안 가르쳐도 익히지 못하기 때문에 차라리 소를 가르치는 것이 낫겠다 했습니다."

"그러면 오늘부터 석달 열흘 동안 소를 가르쳐서 내 아들보다 낫지 못하면 그동안의 수고료는 없으며, 너를 그냥두지 않을 것이다."

독선생은 이날부터 소를 가르치기 시작했다. 고삐를 위로 당기며 '하늘 천'이라 하고 아래로 당기며 '땅 지'라고 말하며 훈련시켰다. 소는 코뚜레가 당겨질 때마다 아팠기 때문에 자연스레 머리를 위로 아래로 움직이게 되었다.

이렇게 석달 열흘 동안의 훈련이 끝나고 드디어 대감과 그의 아들 앞에서 독선생과 소의 능력을 보여 주는 날이 왔다.

독선생이 '天'자가 적힌 종이를 위로 처들면서 "하늘 천"이라고 외치자 소가 하늘을 처다보고 '地'자가 적힌 종이를 아래로 내리며 "땅 지"라고 외치자 소가 머리를 아래로 숙였다.

"어떻습니까? 소가 자제분보다 낫다는 것을 증명했습니다."

독선생은 당당하게 걸어서 대감 집을 나와 집으로 돌아갔다.

생명의 은인

한 팔삭동이가 마땅히 할 일이 없어 밥을 굶게 되자 관가에 가서 매값을 받고 돈 많은 죄인의 태형을 대신 맞아 주기로 했다.

처음 몇 대는 그런대로 견딜만 했으나 열 대가 넘어가니 도저히 견딜 수가 없었다. 그래서 죄인으로부터 받았던 매값을 몽땅 태형을 치는 형리에게 주고 겨우 풀려났다. 그리고는 엉금엉금 기어 매값을 주었던 죄인을 찾아가 머리를 조아렸다.

"영감님께서는 저의 생명의 은인이십니다. 만약 영감님께서 저에게 돈을 주시지 않았더라면 저는 죽고 살아남지 못했을 것입니다. 평생 은인으로 모시겠습니다."

차표

서울 가는 버스 안에는 참 여러 종류의 사람이 있다. 서울로 학교 보낸 자식 만나러 가는 어머니, 꿈을 찾아 가방 하나 둘러멘 젊은이, 시집 와서 처음으로 친정나들이에 나선 새댁……

이들 사이에 만사를 우기면 된다고 생각하는, 무식함이 넘쳐 용감함으로 변해 버린 서 영감이 탔다. 촌에서 나고 자랐기 때문에 배움도 부족하고 눈으로 본 것도 많지 않건만 스스로를 최고로 여기는 사람이었다.

서 영감은 완행 차표를 사가지고 급행열차를 탔는데 차장이 차표를 확인하다가 이를 발견했다.

"손님, 이 차는 급행열차라 요금을 더 내셔야 합니다."

서 영감은 의하하게 여겨 고개를 갸우뚱거렸다.

"차장, 그게 무슨 말이오? 잠깐 타는 급행 차표가 어떻게 오래 타는 완행 차표보다 비싸단 말이오? 계산이 잘못됐다고 생각하지 않으시오?"

"아니지요. 빠른 시간 내에 목적지까지 도착을 시켜주는 급행열차 표값이 비싼 것이 당연한 일이지요."

"내 말은 바로 그게 잘못되었다는 거야. 사람을 잠시밖에 태워 주지 않으면서 더 비싼 가격을 받겠다는 게 도둑놈 심보지 어찌 옳단 말인가?"

차장은 더 이상 말을 않고 웃으며 가버렸다.

어떤 기생의 순정

평양에 금란이라는 얼굴 곱고 춤과 노래도 잘하는, 이름난 기생이 있었다. 웃을 때마다 살짝 드러나는 보조개는 뭇남성들의 애간장을 다 녹일 지경이었다.

초여름, 금란이 대동강변 연광정에서 열린 감사의 연회에서 선비들과 풍악을 갖추고 종일 즐겁게 놀았다. 날이 어스름하게 저물 무렵, 난간에 기대서 강 건너 동평양 강변을 바라보니 한 사나이가 말을 타고 오다가 배에 올라 강을 건너는데 그 사내의 모습이 얼마나 멋있던지 한눈에 반하고 말았다.

'내 여태껏 많은 남자를 알아 왔으나 이처럼 가슴을 두근거리게 만드는 이는 없었는데……'

그는 다시 말을 타고 대동문을 지나 객주집으로 들어가고 있었다. 금란은 서둘러 집으로 가서 옷을 갈아입고 분칠을 새로 한 다음 야밤에 대동문 안 객주로 갔다.

창호지 문에 침을 발라 구멍을 뚫고 방 안을 보니 남자는 촛불 아래에서 책을 읽고 있었다. 금란은 헛기침을 하고 문을 두드렸다.

"누구시오?"

"주인집 여인입니다."

"이 밤중에 무슨 일이오?"

"오늘 손님이 많아 잠잘 곳이 없어서 그러니 웃목이나마 잘 수 있을까 싶어서 왔습니다."

남자는 그제서야 문을 열어 주었다. 금란이 들어갔는데도 남자는 얼굴 한번 보지 않고 책만 열심히 읽다가 더욱 밤이 깊어지자 불을 끄고 자리에 누웠다.

금란이는 이때다 싶어 앓는 소리를 했다.

"어디가 불편하십니까?"

"저는 어릴 때부터 배앓이를 하는데 방바닥이 차면 병이 도지게 됩니다."

"그러면 내 등 뒤는 따뜻하니 가까이 와서 누우시오."

금란이는 남자의 등 뒤로 바짝 다가누웠다. 그런데 한참이 지나도 남자는 돌아보지도 않기에 혹여 고자가 아닐까 하는 생각마저 들었다.

"실례되는 질문이오만 혹 고자는 아니십니까?"

"왜 그렇게 생각합니까?"

"저는 이집의 여자가 아니라 사실은 관기인데 오늘 연광정에서 연회가 있어 놀다가 우연히 대동문 쪽을 지나가시는 선비님을 보았습니다. 어찌된 일인지 전신이 화끈거리고 마음이 끌려 이런 차림으로 여기까지 왔습니다. 그런데 고요한 방에 외간 남녀가 함께 누웠음에도 별다른 관심을 보이지 않으시니 말입니다."

"나는 이집 며느리인 줄 알고 예의를 차린 것인데 그러면 옷을 벗고 함께 잡시다."

　나그네는 인물만큼이나 여자를 다루는 솜씨도 뛰어나 금란이는 마냥 행복했다. 날이 밝자 남자는 떠날 준비를 했다.

　"뜻밖의 연분으로 아름다운 사람과 하룻밤을 보낼 수 있었소. 다시 만날 기약은 할 수 없지만 건강하길 바라오."

　"어깨만 스쳐도 연분이라 하는데 성함이나 알려 주십시오."

　"떠돌아 다니는 방랑자의 이름은 알아서 무엇하겠소."

　금란은 다시는 만나지 못하면 어찌하나 싶은 마음에 눈물이 흘러내렸다.

　"사모하는 마음이 쌓이고 쌓이면 하늘까지 닿겠지요. 그러면 저 하늘이 이내 신세 불쌍히 여겨 다시 만나게 해줄 테지요."

　금란은 이름도 모르는 이 남자를 잊지 못하여 죽는 날까지 한없이 그리워하며 눈물지었다.

꼬리 긴 쥐

긴 꼬리를 가진 것에 대해서 자부심이 대단한 쥐가 있었다. 부엌에 있는 고소한 기름을 다른 쥐들은 먹고 싶어도 그림의 떡으로만 여기는데 이 긴꼬리 쥐는 찬장에 놓인 기름병 마개를 입으로 물어뜯고 꼬리를 병 속에 넣어 기름에 적신 다음 꺼내어 입으로 핥아 먹었다.

"나에게는 긴 꼬리가 있어서 다른 쥐들은 맛볼 수 없는 맛있는 기름을 먹을 수 있어."

긴꼬리 쥐의 대담성은 점점 더하여 사람의 출입이 잦은 선반 위의 기름까지 먹었다.

"이 기름이 훨씬 더 고소한 걸?"

선반까지 쥐가 드나들자 집주인은 친구의 집에서 고양이를 한 마리 얻어왔다. 고양이는 부엌 선반 근처에 숨어 쥐가 나타나기만을 기다렸다.

긴꼬리 쥐는 이날도 선반에 놓인 기름을 먹기 위해 다른 쥐들과 함께 부엌으로 들어왔다. 숨을 죽이고 있던 고양이는 조금 더 가까이 조금 더 가까이 다가오기만을 기다리다가 쥐무리를 덮쳤다. 고양이의 앞발에 긴꼬리쥐의 꼬리가 밟혔다. 고양이는 이내 날카로운 이빨로 꼬리를 물고는 잡아당겼다. 아무리 발버둥을 쳐봐야 고양이의 입으로 들어가는 것은 자명했다.

"나의 자랑거리였던 이 긴 꼬리가 내 명을 재촉하는구나."

231

게으르면 망한다

게으른 까마귀 형제가 한 둥지에 살고 있었다. 이들 형제는 해가 중천에 떠야 눈을 뜨고, 배가 고파야 먹이를 찾으러 다니며, 워낙 목욕을 하지 않아 다른 까마귀들보다 유난히 깃털이 검었다.

여름이 시작되면서 다른 둥지에서는 장마를 대비하기 위해 나뭇가지를 주워다가 이리저리 얽어서 비바람에도 끄떡없게 만드느라 분주했다. 하지만 이들 까마귀 형제는 낮잠만 잤다.

"둥지 한 귀퉁이가 허물어졌는데 자네들은 잠잘 시간이 있는가? 곧 장마가 시작될 텐데 준비해야지."

옆 나무에 사는 까치 아저씨는 걱정이 되어 형제에게 말했지만 눈을 감은 채 대꾸도 하지 않았다.

'동생이 고치겠지.'

'형이 알아서 하겠지.'

서로 미루며 하루 이틀이 지나고 드디어 장마가 시작되어 이른 새벽부터 비가 내리기 시작했다. 점점 빗방울이 굵어지며 바람이 불어 나뭇가지도 흔들리고 덩달아 둥지까지 이리저리 흔들렸다.

허물어진 귀퉁이로 물이 들어와 둥지를 적셨다.

'동생이 하겠지.'

'형이 알아서 고칠 거야.'

허물어진 구멍은 점점 커졌지만 서로 고칠 생각은 않고 서로에게 미루고만 있었다. 번개가 번쩍 하더니 곧 천둥이 치고 빗줄기는 더욱 강해졌다. 바람 때문에 빗방울도 이리저리 방향을 바꾸며 세차게 내려 어느덧 둥지는 절반이나 허물어졌다. 그래도 형제는 서로 꼭 붙어앉아 걱정만 할 뿐 고칠 생각은 하지 않았다.

다음날 아침이 되자 비는 그쳐 있었다. 다른 둥지의 새들은 지난밤 망가진 곳은 없는지 이리저리 살피고 있건만 이들 까마귀 형제들은 여전히 둥지를 고칠 생각은 하지 않았다.

'어제 그 비바람에도 견뎠는데 설마 무너지겠어.'

저녁이 되자 시커먼 구름이 몰려오더니 다시 빗방울이 하나둘 내리기 시작했다. 그리고 곧 폭풍이 불어닥쳤다. 사방으로 흔들리고 앞을 분간할 수 없을 정도로 내리는 비에 까마귀 둥지는 그만 무너져 버렸다.

예속

들소가 겨울이 되어 눈이 많이 내리자 먹을 것을 구하지 못해 몇 날을 굶었다. 배가 등짝에 붙은 것마냥 살은 빠지고 걸어다닐 힘조차 점점 떨어지자 살찐 돼지를 찾아가 먹이를 구걸했다.

"나도 주인님이 주는 대로 먹는 걸요. 내겐 나누어 줄 것이 없으니 우리 주인에게 상의해 보세요."

들소는 작은 희망을 갖고 주인에게 갔다.

"너무 배가 고파서 그럽니다. 저에게 먹을 것을 좀 주실 수 있습니까?"

주인은 선선히 승락하고 짚, 콩깍지, 겨 등이 섞인 사료를 친절하게 가져다 주었다. 굶주리다가 먹이를 먹게 되자 들소는 평소보다 더 많이 먹었다.

"정말 감사했습니다. 저는 그럼 이만 가보겠습니다."

소가 뒤돌아 가려고 하자 주인은 손에 들고 있던 코뚜레로 소의 코를 꿰어서는 말뚝에 매었다.

"왜이러십니까? 놓아 주십시오."

발버둥을 쳐보았지만 이미 늦은 일이었다. 그날 이후 다시는 들로 돌아가지 못하고 주인 집에서 일을 해야 했다.

경제적으로 예속된다는 것은 그만큼 슬픈 일이다.

홍 역관洪 譯官

선조시대 충청도 보은에 사는 홍 역관이 명나라 사신을 따라 연경(명나라 수도)에 갔을 때였다.

홍 역관은 이른 저녁을 먹고 시내에 놀러나갔다가 홍등가紅燈街를 지나게 되었는데, '일야천금(一夜千金:하룻밤 천금)이라고 붉은 글씨로 크게 써서 붙인 집을 보았다. 일반 홍루집은 하룻밤 열 냥인데 백 배나 비싸기 때문에 그 사연이 궁금하여 들렀더니 귀족의 딸로서 열여섯 살의 처녀라 비싸다는 것이었다.

홍 역관은 확실한 사연을 듣고싶은 마음에 공금 천 냥을 주고 방으로 들어갔더니 꽃처럼 예쁜 여자가 눈물을 흘리고 앉아 있었다. 홍 역관은 방에 앉아서 처녀의 신분과 이곳에 오게 된 동기를 물었다.

"소녀, 당년 열여섯 살이옵니다. 저의 아버지께서는 정승을 지내시다가 공금 천 냥을 유용하여 파직되면서 벌을 받게 되었기로 제가 몸을 팔아 그 돈을 갚으려 합니다."

"너의 효성이 참으로 장하구나. 너의 아버지 일이 잘 풀리기만을 바란다. 나는 가겠다."

홍 역관이 그냥 일어서자 처녀는 그의 옷자락을 잡고 흐느껴 울면서 말했다.

"은혜가 백골난망白骨難忘이옵니다. 존함이라도 알려 주시길 바랍니다."

235

"이름은 알아서 무엇하겠느냐. 그냥 조선에서 사신을 따라 이곳에 온 사람이라는 것만 알아라."

이후 처녀의 아버지는 공금을 갚아 다시 복직되었고, 그녀는 은혜에 보답하기 위해 보은단報恩緞을 밤낮으로 백 필을 짜놓고 홍 역관이 다시 오기만을 기다렸다. 하지만 홍 역관은 그 여자에게 공금을 주었기 때문에 파직을 당하여 명나라에 가지 못하게 되었다.

그러던 중에 임진왜란이 일어나자 조선은 명나라에 원군을 요청하게 되었다. 그러자 명나라에서는 사신을 수행하는 역관으로 홍역관을 지명하여 요청했다. 다시 정승으로 복직한 처녀의 아버지는 이여송 장군李如松 將軍을 조선에 파병토록 하였고, 처녀는 홍 역관에게 보은단 1백 필을 선사했다.

홍 역관은 귀국하여 보은단 1백 필을 국가에 바쳤다.

보은현報恩縣은 원래 지명이 삼년현三年縣이었는데 홍 역관의 보은단을 기념하여 보은현(현재 보은군)으로 고치게 되었다.

자루 만들기

시집 온 지 얼마 되지 않은 새댁이 시어머니에게서 자루를 만들어 놓으라는 지시를 받고서 고민이 이만저만이 아니었다. 한번도 만들어 본 적이 없어서 어떻게 만들어야할지 도무지 알 수 없었기 때문이었다. 시집 식구들에게 물을 수도 없기에 한참을 여러가지로 궁리했다.

'둥그런 것에 감아서 꿰매면 되지 않을까?'

새댁은 여러 궁리 끝에 삼베를 기둥에 감고 돌아가면서 꿰맨 다음 자루 아랫부분을 꿰배려고 하니 자루를 기둥에서 빼낼 도리가 없었다.

"어머니, 기둥에서 빼
내기만 하면 자루가 다
만들어지는데……."

기둥에 감겨 있는 삼
베를 보고 어머니는 기
가 막혀 웃기만 했다.

바보 도둑

마을에서 최고 부자의 집을 도둑들마다 시시탐탐 노리고 있었지만 그 집의 대문에는 방울이 달려 있어 문을 열게 되면 방울 소리가 나기 때문에 모두들 함부로 나서지 못하고 있었다.

그런데 호기 많은 젊은 도둑이 좋은 수가 있다며 부자의 집을 털어보겠다고 나섰다. 역시나 소문대로 대문에는 커다란 방울이 매달려 있었다.

젊은 도둑은 자기 귀를 막고 방울을 들고 들어가면 될 것이라 생각하고 그대로 하여 부자의 집으로 들어갔다. 방울은 큰 소리를 내며 도둑이 들었음을 알렸다. 하지만 도둑의 귀에는 들리지 않았다.

집안 사람들에게 사로잡혀 꽁꽁 묶인 도둑은 아무런 소리도 들리지 않았는데 어떻게 도둑이 든 것을 알았을까 참으로 이상한 일이라고 생각했다.

다람쥐의 욕심

가을이 다가오자 다람쥐는 겨울 동안 먹을 양식을 준비하기 위해 여럿 암컷을 얻었다. 혼자서 열매를 모으는 것보다 수월할 것 같았기 때문이었다.

먼저 밤나무와 상수리나무 주변에 구덩이를 여러 개 파고 열매를 운반하여 그곳에 모았다. 부지런하고 날렵한 암컷들은 아침부터 늦은 밤까지 쉬지 않고 열심이었다. 몇일 지나지 않아 여러 개의 구덩이에는 그득하게 양식이 모아졌다.

다람쥐는 그것을 여러 암컷들과 나누어먹을 생각을 하니 아깝다는 생각이 들었다. 그래서 모든 암컷들을 이간질하여 싸우게 하고는 소경 암다람쥐만 빼고는 모두 내쫓았다.

추운 겨울이 닥쳐오고 사방은 눈으로 덮여 양식을 구하기 어려워졌다. 욕심 많은 다람쥐는 암다람쥐에게는 먹이를 조금씩밖에 주지 않으면서 자기는 배불리 먹었다.

이와 같이 다람쥐 수컷은 원래 욕심이 많기 때문에 옛말에 "가을 다람쥐 계집 얻어들이듯 한다"는 말도 있고 "겨울 다람쥐 눈먼 계집 얻듯 한다"는 말도 있다.

우물 안 개구리

  우물 안에 개구리 한 마리가 살고 있었다. 개구리는 목이 마르면 물을 마시고 배가 고프면 벌레를 잡아 먹으며 홀로 살고 있으므로 이 세상에는 우물과 자신밖에 없는 줄로 알고 있었다.

  그런데 어느 날 새 한 마리가 날아와 우물가에 앉아 있기에 개구리는 너무나 신기하여 말을 걸었다.

  "너는 어디서 왔니?"

  "나는 바깥 세상에서 사는데 목이 말라서 잠시 물을 먹으려고 날아온 거야."

  "거짓말하지 말아. 바깥에 세상이 있다니 무슨 말이니?"

  "바깥 세상은 땅도 넓지만 하늘은 얼마나 넓은지 끝이 없어."

  "내가 어리다고 속이려는 거지? 하지만 나는 네 말을 믿지 않아. 이 우물보다 더 넓은 세상은 한번도 본 적이 없는 걸."

  우물 안의 개구리는 우물보다 더 넓은 세상은 없다고 믿었기에 새의 말에 기분이 나빴다.

고니의 떼죽음

고니들이 늪가에 무리를 지어 살고 있었다. 밤에는 한 마리씩 돌아가며 보초를 서 인기척이 있으면 '끼욱끼욱' 울도록 해서 나머지 고니들은 편히 잠을 잘 수 있었다. 그런데 사냥꾼이 이를 알게 되었다.

사냥꾼은 횃불을 늪가에 꽂아 밝게 했다. 보초를 서던 고니가 '끼욱끼욱' 울자 자고 있던 고니들이 모두들 깨어나 도망갈 준비를 하였으나 주변에 인기척은 없어 늦게야 그냥 잠을 잤다. 다음 날도 마찬가지로 사냥꾼은 횃불을 밝혔고, 역시 보초 고니가 울어서 다른 고니들은 도망갈 준비를 하고 자느라 또 늦게야 잠을 잤다.

사냥꾼은 며칠을 계속해서 횃불을 늪가에 꽂아 보초 고니를 울게 했다. 다른 고니들도 몇날을 잠을 제대로 잘 수 없자 모두들 피곤했다. 드디어 5일째가 되자 고니들은 보초 고니의 울음소리에도 전혀 도망갈 준비를 하지 않았다. 거짓말을 한다고 생각했고, 여러 날 잠을 설쳐서 무척 졸렸기 때문이었다.

사냥꾼은 이날 밤 깊이 잠든 고니들을 모두 잡았다. 늪가에 횃불을 밝힌 것에 대해서 의심을 품고 세밀히 조사하지 않았던 것이 화근이었다.

헌 옷이 된 새 옷

마음 좋은 박 서방이 어린 여자를 아내로 맞았다. 그의 아내는 순진하고 착하였지만 살림은 도통 할 줄 몰랐다.

박 서방은 옷이 낡았는데도 아내가 새 옷을 만들어 주지 않자, 직접 장에 가서 옷감을 사가지고 집으로 왔다.

"이것으로 새옷을 만들어 주시오."

"크기와 모양새는 어떻게 할까요?"

한번도 옷을 만들어 본 적이 없는 어린 아내의 물음에 박 서방 또한 옷을 만들어 본 적이 없어 자세히 설명할 수가 없었다.

"헌옷을 보고 만들면 되지 않소."

아내는 헌옷의 칫수를 재서 재단한 다음 옷을 만들었다. 며칠 후 부인은 남편에게 새옷이라며 입어보라고 내밀었다.

"당신의 말대로 헌옷과 똑같이 만들었으니 입어 보세요."

박 서방이 옷을 받아 보니 옷감만 새것이요, 전에 입던 옷의 기운 것과 구멍이 난 것까지 똑같이 만들어 완전히 헌옷처럼 만들어져 있었다.

박 서방은 하도 어이가 없어 웃음밖에 나오지 않았다.

"좋아하시는 것을 보니 마음에 드시는 모양이군요."

"……"

협력체

발과 눈이 서로 잘났다며 제 자랑에 열을 올리고 있었다.

"눈아, 너는 높이 달린 것 말고는 잘난 것이 무엇이 있느냐? 발 아래에 있는 땅은 보지도 못할 뿐 아니라 내가 가지 않으면 너는 한 발자국도 가고 싶은 곳으로 가지 못하잖아, 안 그러냐?"

"발아, 너는 내가 길을 봐주지 않으면 너 혼자 한 발자국도 다른 곳으로 가지 못하잖아."

둘은 티격태격 싸우다가 나중에는 서로 너무 화가 나서 서로 말도 하지 않았다. 눈은 어떻게 하면 발을 골탕먹일까 고민하다가 감고 뜨지 않기로 했다.

발은 눈의 도움 없이 혼자서 이리저리 걷다가 가시밭에 넘어지고 말았다. 싸움에 끼어들지 않았던 팔에서도 피가 나고 발목도 삐었으며 눈 또한 가시에 찔리고 말았다.

"너희들 계속 이럴 거니? 우리들 중에는 어느 누구도 소중하지 않은 것이 없어. 서로 협력하지 않으면 이렇게 다친단 말이야."

팔은 개별적으로 행동한 눈과 발을 나무랐다.

243

기분에 따라서

개구리는 연못에서 '개굴개굴' 운다. 어떤 사람들은 개구리의 울음소리가 시끄럽다고 듣지 않기도 한다. 하지만 개구리 울음소리는 어릴 적 추억을 꺼내는 어른들에겐 향수를 불러일으켜 준다.

풀벌레는 날개나 다리를 비벼서 '찌륵찌륵' 소리를 낸다. 사랑에 빠진 소녀는 창가에 앉아 그 소리를 들으며 님을 생각한다. 하지만 사랑하는 연인과 헤어진 처녀는 그 소리가 구슬프게 여겨져 듣기 싫어한다.

새벽에 '꼬끼오' 우는 닭소리는 사람들에게 아침이 밝았다고 알려 주기 때문에 반갑게 생각한다. 하지만 아침 잠이 많은 새댁은 그 소리가 야속하기만 하다.

이와 같이 사람마다 좋고 싫고의 차이가 있으며, 같은 울음소리도 기분에 따라 다르게 받아들여지는 것이다.

옹고집은 손해만 본다

소경이 다리를 건너다가 발을 헛디뎌 휘청거리다가 다행히 들고
있던 지팡이가 다리 난간에 걸려 아래로 떨어지지는 않고 매달려
있었다.

마침 지나가던 사람이 이 모습을 보고 놀라 곁으로 왔다.

"많이 놀라셨겠소. 다행히 이 다리 바닥은 물이 없는 강변 백사장
이니 염려 말고 손을 놓고 떨어지시오."

행인의 권고에도 소경은 그 말이 믿어지지 않아 두 팔이 빠지는
것 같이 아팠지만 난간에 걸린 지팡이를 더욱 꼭 잡고 매달렸다.

"내 말을 왜 믿지 않소? 그러다가 오히려 더 다칠 수가 있어요. 그
만 손을 놓으시오."

재차 권유하였지만 듣지 않자 행인은 마음이 상하여 그냥 자기
갈길을 갔다. 이를 악물고 참아가며 매달려 있던 소경은 점차 기진
맥진하여 자신도 모르게 손을 놓고야 말았다. 그러나 바닥이 백사
장이라 다친 곳을 하나도 없었다.

"허 참, 진작 떨어졌더라면 고생도 않고 편했을 것을……."

그제서야 소경은 행인의 옳은 충고를 받아들이지 않은 것을 후회
했다.

굽은 나무가 선산을 지킨다

역마살이 끼어 이 마을 저 마을로 돌아다니던 남자가 어느 산이나 소나무는 적고 참나무만 무성한 것이 이상하여 산 임자에게 그 이유를 물어보았다.

"소나무는 재목으로 쓰이기 때문에 자라기가 무섭게 벌목하지만 참나무는 별로 쓸모가 없지요. 배를 만들면 틈이 생겨 가라앉고, 널을 짜면 바로 썩어 버리고, 목기를 만들면 모양이 틀어져 바로 망가진답니다. 그러니 고목이 되도록 벌목하지 않을 뿐 아니라, 참나무는 상수리가 떨어져 싹이 나서 자라므로 산에 무성할 수밖에 없답니다."

"소나무는 여러모로 쓸모가 있는가 봅니다."

"그럼요, 10여 년만 자라도 서까래감으로 쓰인답니다. 때문에 산에서는 귀할 수밖에요. 굽은 나무가 선산을 지킨다는 말처럼 쓸모 없는 나무만 산에 남는 법이지요."

"하지만 쓸모없는 나무가 이렇게 아름다운 산의 풍광을 만들어 주니 하찮게 여길 수만은 없네요."

4부

성性과 사랑

사랑의 신비는 영혼 속에서 자라지만
그래도 사랑의 책은 육체다.
― J 던 〈시와 소네트〉

호랑이와 고슴도치

고슴도치가 돌 위에 누워 따뜻한 가을 햇볕을 맞으며 낮잠을 자고 있었다. 그때 먹이를 찾아헤매던 호랑이가 당장 배가 고파 고슴도치를 덥석 물어 입에 넣었다.

자다가 말고 깜짝 놀란 고슴도치는 온몸의 가시를 쫙 벌렸다. 호랑이는 입 안을 날카로운 가시들이 찌르자 아파서 이리 뛰고 저리 뛰며 고슴도치를 뱉으려 했지만 입을 벌리면 벌릴수록, 흔들면 흔들수록 피만 더욱 많이 흘러 펄펄 뛰다가 기진맥진하여 끝내 쓰러져 버렸다. 이 틈을 타서 고슴도치는 가시를 접고 호랑이 입에서 나와 도망쳤다.

얼마 후 겨우 호랑이가 정신을 차려보니 여전히 입 안에서는 피가 나지만 더 이상 가시는 없었다. 일어나 슬슬 집으로 돌아가는 길에 밤송이가 길가에 떨어져 있었다. 고슴도치에 너무 놀란 호랑이의 눈에는 밤송이가 고슴도치의 새끼들로 보여 밟지 않으려고 조심조심 피했다.

"내가 산 중의 왕인데 나보다 더 무서운 놈은 고슴도치구나."

이후로 호랑이는 가시 있는 것은 절대 먹지 않았다.

고양이의 쥐 사냥

어느 날부터 집에 쥐가 많아져 주인은 고민이 이만저만이 아니었다. 볏가리에서는 볏섬을 뚫어 벼를 먹고, 광에서는 저장해둔 고기와 곡식을 먹고, 부엌에서는 각종 양념까지 먹어대니 피해가 많았다. 더욱이 여기저기 냄새까지 풍기니 주인은 더 이상 참을 수 없어 장에서 고양이 두 마리를 사왔다.

주인은 고양이에게 쥐를 잘 잡으라고 고기를 먹여가며 길러서는 한 마리는 볏가리에 두고 다른 한 마리는 광에 두었다. 그런데 고양이는 쥐를 잡을 생각은 않고 잠만 자는 것이었다.

주인은 혹시나 고양이들이 기력이 없어서 그러는가보다 싶어 맛난 음식을 해서 먹였지만 여전히 고양이들은 쥐사냥을 하지 않았다.

"고양이야, 왜 너희들은 우리 쥐들을 잡아먹지 않지?"

낮잠을 자고 있는 고양이의 곁으로 날쌘 쥐 한마리가 다가가 물었다. 고양이는 천천히 눈을 뜨고는 대답했다.

"너희들을 잡지 않아도 주인이 배부르게 먹여 주는데 무엇하러 힘들여 고생하니? 배가 고프면 너희들을 잡아먹을지 몰라도 지금 나는 졸립고 귀찮아."

고양이의 출현으로 한동안 겁을 먹었던 쥐들은 아무런 위협을 느끼지 않아도 되자 더욱 극성을 부렸다. 주인은 화가 나서 고양이를 내다 버렸다.

공평

　어느 부잣집에서 여러 종류의 가축을 기르고 있었다. 그런데 그 이을 담당한 하인이 소 · 말 · 양 · 돼지 · 닭 · 오리 등에 대한 먹이를 저울로 달아 똑같이 나누어 주고 있었다.

　주인이 그 모습을 보고 당황하여 하인을 불렀다.

　"어찌하여 모든 가축들에게 똑같은 양을 주는 것이냐?"

　"그야 공평하게 나누어 주기 위해서지요."

　"동물의 먹이는 그 체격과 활동에 따라 차별을 두고 먹여야지……."

　"아니 그러면 주인님 말씀은 불공평하게 주라는 것입니까?"

　"모든 일에서 공평이란 실정에 따라 알맞게 하는 것이란다."

　"내가 아는 실정은 바로 저울입니다."

　외곬수 하인은 주인의 말은 아랑곳 않고 여전히 저울을 사용하여 먹이를 나누어 주었다.

코끼리와 생쥐

심술궂은 코끼리는 생쥐를 괴롭히는 것이 너무 나 재미있었다. 커다란 발로 생쥐의 꼬리를 밟아 누르면 생쥐는 도망가지 못하고 제자리만 맴돌 고, 기다란 코로 생쥐의 몸을 이리저리 휘저으 면서 공마냥 마구 굴리기도 했다.

"당신은 체구로나 힘으로나 상대가 되지 않 는 약한 나를 왜 이렇게 괴롭히는 겁니까?"

"그야 재미있으니 그렇지."

생쥐는 너무 화가 났지만 하늘과 땅 같은 차이를 지닌 코끼리에게 함부로 대들 수도 없 었다.

코끼리는 콧바람으로 멀리 날려 보내기, 코로 물총 쏘 기, 쫓아다니면서 발로 위협하기 등 여러가지로 매일 생쥐를 괴롭 히는 재미에 신이 났다.

더 이상 참을 수 없을 만큼 화가 난 생쥐는 코끼리의 입으로 들어 가 안쪽 살을 마구 긁었다. 코끼리는 너무 아파서 크고 긴 코로 생 쥐를 잡으려고 했지만 요리조리 피하는 생쥐를 잡을 수 없었다. 커 다란 앞발도 입 안에 있는 생쥐는 밟아 죽일 수 없으니 당장에는 소 용이 없었다. 체구도 크고 힘도 세다고 생쥐를 얕잡아 봤던 코끼리 는 그제서야 후회를 하며 눈물을 뚝뚝 흘렸다.

개의 억울한 죽음

오랫동안 한집에서 기르던 개를 주인이 죽이려고 산으로 끌고 왔다. 밧줄로 개의 목을 동여 나뭇가지에 걸려고 하는데 이것을 본 친구가 와서 말렸다.

"이 사람아, 집을 지키는 개를 왜 잡는가?"

"글쎄, 이 개가 미쳤는지 이상한 짓만 한다네. 예전에는 집도 잘 지키더니 어젯밤에는 도둑이 들어왔는데도 전혀 짖지를 않더니만 아까는 자네를 물어서 상처를 내지 않았는가. 도둑도 못지키고 친구도 몰라보는 쓸모없는 개를 키워서 뭐하겠는가?"

"뭐, 그런 이유라면 없애는 것이 당연하지."

그리하여 개는 주인의 손에 이끌려 죽었다. 하지만 사실 어젯밤에 들어온 도둑은 오늘 아침에 찾아온 친구였기 때문에 개는 올바로 행동한 것이었다. 세상에는 애매하게 억울한 일을 당하는 경우도 있다.

색시가 아닌 범

염불에는 통 마음이 없고 탁발을 다니면서 속으로는 엉큼하게 여자 생각만 하는 땡땡이 중이 있었다. 하루는 늘 다니던 마을로 탁발을 갔다가 천하일색인 처녀를 보게 되었다. 그 후로 탁발을 나갈 때면 그 집을 가장 먼저 가곤 했다.

그런데 어느 날, 울 밖에서 듣자하니 처녀의 어머니와 중매쟁이가 처녀의 혼사에 관해서 이야기를 나누고 있는데 성혼이 되었다는 것이었다. 중은 처녀를 다른 남자에게 빼앗길 생각을 하니 가슴이 덜컥 내려앉아 나쁜 마음을 먹었다.

중은 처녀의 집 문 앞에 가서 염불을 외웠다. 곧 처녀의 어머니가 시주할 쌀을 한바가지 들고서 나왔다.

"어허, 이 댁에 액운이 들었네······액운이 들어······."

"아니 대사님! 그게 무슨 말씀이오? 우리 집에 무슨 액운이 있단 말입니까?"

"부처님의 귀띔을 함부로 발설할 수도 없고, 그렇다고 액운을 말하지 않을 수도 없으니 난감하기 짝이 없습니다."

처녀 어머니는 중의 바랑을 잡고 매달렸다.

"대사님, 제발 알려 주십시오."

중은 지금이 말할 기회다 싶었다.

"이댁 아가씨가 올해 급살할 수가 있어서 만일 시집을 가면 첫날밤에 죽을 운수요."

처녀 어머니는 얼굴이 시퍼렇게 질려 온몸을 벌벌 떨고 있었다.

"죽을 수에도 살 수가 있는 것 아니오? 나에게는 딸년 그것 하나밖에 없소. 제발 살 길을 알려 주시오."

애걸복걸하는 모습을 보고 중은 좀 미안한 마음이 들긴 하였으나 욕심이 눈을 가리어 계속 거짓말을 했다.

"액을 면하는 길은 오직 중한테 시집을 보내는 것이오. 그러면 목숨은 부지할 수 있습니다."

"뭐라고요? 중도 장가를 갑니까?"

"더 말하지 않겠으니 알아서 하시오."

중은 절로 돌아가고 처녀의 집에서는 종일 근심 속에 여러 이야기가 오갔다. 의론이 분분하였지만 죽는 것보다는 중에게 시집가서 목숨을 부지하는 것이 좋겠다는 결정이 내려졌다.

이틀 후, 중은 다시 탁발하러 처녀의 집에 들렀다. 처녀의 어머니는 중에게 친절히 맞아 곱게 단장시킨 딸을 맡겼다.

"이 아이를 자네에게 맡기니 잘 거두어 주게."

중은 처녀를 데리고 가야겠는데 가마를 태워 갈 수도 없고 그렇다고 걸려서 갈 수도 없어 큰 궤속에 넣어 짊어지고 가기로 했다.

중은 궤짝이 무겁기는 하였으나 예쁜 처녀에게 장가를 간다는 생각에 기분이 좋아 콧노래를 불렀다. 절을 향해 걷고 있는데 난데없이 '감사행차시다!' 하

는 소리가 들렸다. 괜시리 겁을 먹은 중은 궤짝을 길가에 두고 숲 속에 숨었다.

그 행차는 고을 감사가 사냥을 가서 노루·맷돼지·범 등을 산 채로 잡아 궤 속에 담아가지고 오는 길이었다. 감사가 지나다 보니 길가에 궤짝이 있기에 사령을 시켜 열게 하였더니 뜻밖에도 여자가 나왔다. 사연을 물었더니 처녀는 울면서 그동안의 일을 모두 말했다. 감사는 처녀를 집으로 안전하게 데려다 주도록 이르고, 그 궤짝에는 사냥한 범을 넣어놓은 채 가던 길을 재촉했다.

중은 숲 속에서 감사의 행차가 멀리 떠난 것을 확인하고 궤짝을 메고 절로 왔다. 예쁜 처녀를 아내로 맞이하게 되었다고 생각한 중은 기쁜 마음에 궤짝문을 열었더니 느닷없이 범이 튀어나와 중을 물어 죽였다.

어지간 魚池間

고려조 태조太祖 때 지 서방 집에 겨드랑이에 비늘이 세 개가 있는 아이가 태어났다. 비늘이란 본래 물고기에서만 볼 수 있는 것인데 사람에게 붙어 있으니 참으로 신기한 일이었다.

태조는 이 소문을 듣고 아이의 앞날에 좋은 일만이 있기를 바라는 마음에서 어씨魚氏 성을 사성 (賜姓:나라에서 성姓을 내려 줌) 했다. 그러니까 어씨와 지씨는 같은 성이었다.

그날 이후로 웬만한 일이나 사소한 일로 시비하는 경우 어씨와 지씨가 하나이듯 큰 차이가 나지 않으면 그만 두라는 뜻으로 '어지간하면 그만두라' 는 말이 생겨났다.

한번에 두 여자와 결혼한 남자

부잣집에 하나밖에 없는 딸이 곰보에다 박색이라 시집을 못가고 있어 부모님의 애를 태웠다. 그의 어머니는 어떻게 하면 딸을 시집보낼지 고민하다가 이웃의 과부의 예쁜 딸아이가 생각나서 찾아가 부탁을 했다.

"우리 딸 간선 때 자네 딸이 대신하고, 결혼식까지 대신 올려 준다면 그 댓가로 땅 몇 마지기와 나중에 결혼 비용도 내주겠네."

가난으로 인해 밥먹는 날보다 굶는 날이 더 많은 과부는 부잣집 마님의 부탁을 들어주기로 했다.

부짓집 마님은 중매장이를 시켜 신랑감을 구하고 간선은 과부의 딸로 하여 드디어 성혼이 되었다. 새사돈과 상의한 결과 결혼식은 신랑의 집에서 하고, 잔치와 첫날밤은 신부집에서 보낸 연후에 다음 날 신랑의 집으로 신행하기로 결정되었다.

부잣집 마님은 잔치 중간에 신부를 슬쩍 바꾸면 별 문제가 되지 않을 것이라 생각했다. 그런데 결혼식이 끝나자 바로 먹구름이 몰려오더니 세차게 비가 오는 바람에 부득이 신랑과 신부를 신랑의 집에서 재우고 다음날 친정집으로 보내기로 했다.

신랑집에서 일방적으로 행사를 변경하게 됨으로써 과부의 딸은
부득이 신랑과 첫날밤을 보내게 되었다. 인물 좋은 며느리를 얻게
되었다며 좋아하는 신랑의 부모님에게 모든 사실을 이야기할 수
없었던 과부의 딸은 불안하여 어쩔 줄을 몰랐다.

　과부의 딸은 수심이 가득한 얼굴로 앉아 신방에 있었다. 그러한
신부가 신랑의 눈에는 아름답게 보여 껴안고 첫 밤을 보냈다. 과부
의 딸도 신랑이 싫지 않아 몸을 허락했다.

　다음 날, 신혼부부는 장소를 옮겨 신부의 집에서 잔치를 벌였다.
부잣집이라 손님이 많아 아침에 시작한 잔치는 늦은 밤에야 끝났
다. 신랑이 방에 먼저 들어가 누워 기다리는데 엉뚱하게 곰보에다
박색인 여자가 들어와 자신이 부잣집 딸이라고 했다. 신랑은 아예
눕지도 않고 앉아서 밤을 새우고는 아침이 되자 집으로 돌아갔다.

　신랑집에서는 뜻밖에 박색인 곰보가 진짜 며느리라고 따라오니
벌집을 쑤신 듯 난리가 나면서 신부를 친정으로 되돌려 보냈다.

　부잣집 주인 영감은 원에 제소를 했다. 원님은 양가 부모를 불러
자초지종을 듣고는 판결했다.

　"누구의 잘못이든간에 결과적으로 신랑은 두 여자와 결혼한 것
이니, 둘 다 아내로 삼아라."

귀신의 은혜 갚음

어떤 선비가 과거를 보러 한양으로 가느라고 고개를 넘는데 덩굴 밑에서 재채기하는 소리가 들려서 가보았더니 사람의 그림자도 보이지 않았다.

이상하다고 생각하며 뒤돌아가려는 순간, 칡뿌리가 흔들리며 다시 재채기 소리가 들렸다. 선비는 혹시나 하는 마음으로 칡뿌리 밑을 파보았더니 해골 하나가 나왔다. 그런데 해골의 눈과 입에는 진흙이 꽉 차 있고 콧구멍 사이로는 칡뿌리가 뚫고 나와 있었다.

선비는 해골을 꺼내 물에 깨끗이 씻고 종이로 싸서 땅에 묻고는 간소하게나마 제사를 지내 주었다. 그날 밤 선비의 꿈에 한 사람이 나타났다.

"저는 친구의 모함으로 인해 누명을 쓰고 억울하게 죽음을 당했었습니다. 그런데 자식들마저 몰락하여 해골도 땅에 묻히지 못한 채 지면에 뒹굴다가 이렇게 칡뿌리가 콧구멍으로 뚫고 나와 괴로움을 참지 못하고 재채기만 하고 있었습니다. 그런 저를 이같이 깨끗이 씻어 땅에 묻어 주시고 제사까지 지내 주시니 백골인들 어찌 은혜를 잊겠습니까. 이번 과거 시험의 답을 알려드리니 그대로 써 내시면 합격되실 것입니다."

선비는 꿈에 나타나는 귀신이 가르쳐 준대로 답안을 적어 과거에 급제했다.

빵 파는 상술商術

순이와 영미가 함께 돈을 모아 남자고등학교 앞에 빵집을 열었다. 그들은 서로 격일제로 일하며 그날의 수입을 각자 챙기기로 했다.

그런데 순이가 가게를 보는 날에는 장사가 잘 되고, 영미가 장사하는 날에는 매상이 적었다. 이상하게 생각한 영미는 순이가 빵에 특이한 무엇을 따로 넣는지 몰래 훔쳐 보았지만 별다른 것이 없어 희한하다고만 생각했다.

하루는 영미가 가게를 보고 있는데, 남학생 하나가 가게 앞에 서서 들어오지 않고 얼쩡거리기만 하기에 불러들였다.

"뭐 필요한 것 있니? 안으로 들어오지 그러니?"

학생은 몇 번을 머뭇거리다가 뒤통수를 긁적거리면서 말했다.

"저…… 오늘은 치마 속에 아무것도 안 입는 누나는 안 나오는 날인가봐요?"

영미는 그제서야 숙희가 빵을 파는 날에 왜 손님이 많은지 알게 되었다.

용바위고기

충청도 옥천의 금강이 굽이지는 곳에 용바위가 있다. 옛날 이곳에서 용이 승천했다고 해서 붙여진 이름이다. 그곳 강에는 잉어, 쏘가리, 꺽지, 붕어, 메기, 뱀장어 등이 많지만 워낙 물이 깊어 아무나 함부로 잡을 수 없었다. 또 바위 위에는 정자가 하나 있는데, 주변 경관이 아름다워 봄에서 가을까지 사람들이 많이 모였다.

그 마을에는 이무기라는 별명을 가진 남자가 있었다. 그는 용바위 아래 깊은 물에 들어가 잡고 싶은 고기를 마음대로 잡을 뿐 아니라 요리도 잘하기 때문에 정자에서 놀이를 하는 사람들은 으레 그에게 고기를 부탁했다.

한번은 고을 원님과 그의 손님들이 정자를 찾았다. 금강의 아름다움을 한껏 구경하고 나니 배가 고파진 원님은 소문으로만 들었던 이무기의 음식 맛을 보기 위해 그를 불렀다.

"무슨 고기를 얼마치나 잡아 드릴까요?"

"잡아 놓고 값을 쳐야지, 돈부터 흥정하는 경우가 어디 있느냐?"

"잡은 고기가 남으면 돈도 낭비되지만 고기도 아깝게 허비되기

262

때문입니다."

"그러면 자네가 알아서 인원에 맞추어서 맛있는 고기로 잡게."

"잉어와 쏘가리가 맛이 좋으니 두 가지로 잡겠습니다."

"좋도록 하게."

이무기는 살아서 아가미를 벌름거리는 잉어와 쏘가리를 그릇에 가득 담아가지고 왔다.

"아니, 살아 있는 고기를 그냥 가지고 들어오면 어떻게 먹으라는 것인가?"

"잡수어 보십시오."

손님들이 고기에 젓가락을 대자 갑자기 고기가 펄떡이며 껍질이 홀렁 벗겨지더니 먹기 좋게 썰어진 살고기가 되었다.

손님들은 모두 놀랐다. 하지만 그보다 고기를 씹을 때의 맛은 정말 감탄스러웠다.

용바위의 고기가 유명해진 것은 물이 맑고 신선한 고기 때문이기도 하지만 무엇보다 이무기의 요리 솜씨 때문이었다.

암캐 잡은 셈치시오

　어떤 사람이 한 마을을 지나다가 개를 잡는 것을 보고 군침이 돌았다. 마침 배는 고픈데 수중에 돈이 한 푼도 없어 개고기 임자에게 사정했다.

　"내가 지금 너무 바쁜데, 허기가 져서 그러니 얼른 이것을 구워 먹겠소."

　그는 개 신을 떼어 불에 얹어 구워 먹고는 바쁘게 도망가려 했다. 고기 임자가 당황하여 옷자락을 잡아끌었다.

　"여보시오! 개고기 값을 주고 가야지 그냥 가는 법이 어디 있습니까?"

　"아니, 그거도 돈을 받소? 암캐 잡은 셈 치면 될 거 아니오?"

효자 중에 효자

어느 농가에서 한 달 단위로 머슴살이를 하는 먹쇠라는 달머슴을 두었다. 주인이 보자니 먹쇠가 머슴들 중에서 가장 먼저 일어나 논으로 나가서 가장 많은 땀을 흘리며 일하고는 집으로 돌아와서도 여종들의 궂은 일을 돕는 것이었다. 더욱이 셈도 밝아 심부름도 잘하여 마음에 들었다.

하루는 주인이 마당을 거닐다 보니까 먹쇠가 밤새도록 불을 켜놓고 덜그덕 소리를 내면서 무엇인가를 하고 있었다. 이튿날 아침에 먹쇠를 불러다 물었다.

"어젯밤에 늦도록 불을 켜고 무엇을 하였느냐?"

"실은, 어제가 아버님의 제삿날이었습니다. 밤새 제사 준비를 하느라 그랬는데 주무시는데 방해가 되셨습니까?"

"아니다, 미리 내게 말하였다면 좋았을 텐데 그랬구나."

그런데 며칠 후에 또 머슴의 방에 밤새도록 불이 켜져 있고, 달그닥거리는 소리가 들렸다. 다음날 아침에 주인이 머슴에게 물었다.

"어제는 또 누구의 제사를 지냈느냐?"

"아버지 제사를 지냈습니다."

"아니, 아버지의 제사를 며칠에 한번씩 지내는 데가 어디 있단 말이냐?"

"그것은 제가 달머슴이기 때문에 언제 어디로 일하러 갈지 알 수 없는 형편이라, 혹여 내년에 머슴살이를 하지 못하면 제사를 지낼 수 없을지도 모르기 때문에 미리 당겨서 지낸 것입니다."

주인은 머슴의 말을 듣고 감탄했다.

"자네는 정말 효자 중에 효자일세. 앞으로 달머슴을 하느라 이리저리 돌아다니지 말고 내 집에서 상주하며 집안 일을 돌봐 주게나. 자네같이 성실하고 마음씨 착한 사람이라면 믿고 맡길 수 있겠네."

소년 원님

열여섯 살 어린 나이에 과거에 급제하여 한 고을의 원님이 된 소년 원님이 있었다. 영리하고 언변까지 뛰어났지만 그 고을 이방들은 모두 능글맞고 비리에 익숙하였기 때문에 그 원님을 깔보았다.

원님은 그 마음을 미리 알고 이방들을 소집시켰다.

"이제부터는 매사를 나의 허락 없이는 하지 말 것이며 특히 백성들에게 한동안은 세금을 거두지 말아라."

이렇게 백성들의 평안을 위해 세금을 줄이고 공평하게 정사를 돌보자 원님의 인기가 날로 높아졌다. 하지만 이방들은 수입이 반으로 줄자 불만이 쌓여 소년 원님을 손 안에 넣을 궁리만 하다가 평소 친분이 있던 중과 모사를 꾸몄다.

"쓰고 다니는 굴갓(중이 쓰고 다니는 대로 만든 갓)을 회리바람(돌개바람)에 날려 보냈으니 찾아 주십시오."

중이 갑자기 원님을 찾아와 제소했다.

"혹시 대사가 굴갓 끈을 느슨하게 매어서 그리된 것 아닙니까?"

"아닙니다. 끈을 분명히 단단히 묶었으나 바람이 워낙 거세게 불어 끊어져 버렸습니다."

"사령은 듣거라. 너는 지금 당장 강으로 가서 사공 두 사람만 데리고 오너라."

원님의 명대로 사공들이 원님의 앞에 불려왔다.

"사공들에게 묻겠다. 만약 배가 남쪽으로 가야 하는데 마파람이 불면 어떻게 하느냐?"

"그야 된바람이 불어 달라고 빕니다."

"그러면 만약 배가 북쪽으로 가야
하는데 된바람이 불면 어떻게 하느냐?"

"그때는 도로 마파람이 불도록 빌지
요."

원님은 싱긋 웃으면서 판결을 내렸다.

"이제 모두 알았다. 회리바람이 부는 것은 모
두 사공 너희들 때문이다. 회리바람이 부
는 것은 바람이 한쪽으로 불고 싶어도 너희들이 '이쪽
으로 불어라, 저쪽으로 불어라' 매번 갈피를 못잡게
만드니 회리바람이 되어 대사의 굴갓도 날려 보낸
것이다. 그러므로 사공 너희들이 원님의 굴갓
을 새로 만들어 주어라."

사공은 소년 원님의 판결이 하도 기가 막혀 아무런 대꾸도 못하
고 쳐다보고만 있었다.

"잠깐! 그리고 사공은 굴갓을 만들되 날아가지 않도록 흙으로 묵
직하게 만들어 옹기처럼 불에 구울 것이며, 끈은 강하게 쇠줄로 하
여 끊어지는 일이 없도록 하여라."

사공은 분부대로 만들어 왔다.

"사령은 이 굴갓을 대사에게 씌우고 쇠줄로 단단히 동여 바람에
날아가는 일이 없도록 하여라."

중은 옹기로 만든 굴갓이 너무 무거워 머리도 아프고, 목도 아팠
다. 눈물이 저절로 흘렀다.

"나리, 죽을 죄를 지었습니다. 소승은 이방들이 시키는 대로 했을 뿐이오니 용서해 주십시오."

중은 그때서야 솔직하게 용서를 빌었다. 반대로 이방들은 당황하여 얼굴색이 파랗게 되었다.

"점잖은 이방들이 그런 짓을 할 리가 있소? 또 대사는 설령 시킨다고 아무 짓이나 하는 그런 어리석은 사람이었단 말이오? 대사는 굴갓값과 사공의 하루 품삯을 물어 주도록 하시오."

다음 날, 소년 원님은 이방들에게 수숫대를 하나씩 통째로 잘라서 소매 속에 넣어 오도록 지시했다. 이방들이 수수대를 소매 속에 넣으니 다 들어가지 못하고 땅에 끌리었지만 시키는 대로 그렇게 하고 동헌에 왔다.

"그 수숫대가 몇 년 자란 것인가?"

"일 년간 자란 것입니다."

"그래, 일 년 자란 수숫대도 소매 속에 넣지 못하는 주제에 열여섯 살 된 나를 손 안에 넣으려고 하면 안 되지요."

이후로 이방들은 소년 원님을 성심을 다해 도왔다.

아내에게 수염 잡힌 병마절도사

1624년(인조 2년), 이괄의 난이 일어나 임금의 피란 행차가 노들나루를 건너게 되었다. 그런데 배가 인근에 한 척밖에 없고, 그마저도 강 중간까지 건너가고 있었다.

호위병이 사공을 불렀지만 너무 멀리 있어 들리지 않는지 배는 계속해서 강 건너로 멀어졌다. 임금의 신변보호를 위해 당장 무슨 방법을 강구해야 할 입장이었다. 그때 우상중禹相中이가 옷을 벗고 강에 뛰어들어 배를 따라잡아 배의 머리를 돌려 임금을 모시고 강을 건널 수 있게 했다. 임금은 그 자리에서 우상중을 선전관으로 임명하였고, 이것이 계기가 되어 그는 병마절도사가 되었다. 그리고 후에 전라도의 수군절도사로 임명되었다.

그는 본래 유희를 사랑하는 사람이라 훈련을 할 때에도 기생들을 데려다가 풍악을 울리면서 했다. 그런데 한양에서 내려 온 집안의 하인이 이 모습을 보고 그의 아내에게 모두 전했다. 아내는 노발대발하여 곧바로 전라도로 향했다.

아내는 순천에 도착하자마자 남편의 배로 가서 남편을 꿇어앉혔다.

"당신이 이곳으로 부임할 때 기생은 절대 가까이하지 말라고 일렀거늘 불과 얼마 되었다고 기생들을 배에 싣고 다닙니까?"

"정말 미안하오. 내 잘못했으니 이번 한번만 눈감아 주시오. 앞으로는 부인의 말대로 하겠소이다."

아내는 분을 삭히지 못하고 남편의 윗옷을 벗겨 피가 나도록 매질하고는 가위로 남편의 수염을 뭉텅뭉텅 잘랐다.

그 일이 있은 지 얼마 안 되어 우상중은 이완통제사를 만나게 되었다. 이완은 우상중의 수염을 보고는 깜짝 놀랐다.

"우절도사! 어떻게 된 일입니까? 얼마 전만 하여도 수염이 멋있게 손질되어 있더니 오늘은 왜 그 모양입니까?"

우상중은 민망하였지만 속일 말도 떠오르지 않아 그간 있었던 일을 말했다.

"일국의 장수가 집안의 사정도 돌보지 못하면서 어찌 많은 적을 막아낼 수 있겠는가."

이완은 조정에 보고하여 우절도사를 파직시켰다.

여종의 보은報恩

한양에 돈 많기로 소문난 양반 집에 곱게 생긴 여종이 있었다. 영리하고 일도 잘하여 안방마님의 사랑을 받아 자주 안채에 오가다 주인 영감의 눈에 띄고 말았다. 주인 영감은 각종 보석과 맛난 것으로 여종에게 치근덕거렸지만 뜻대로 되지 않아 애가 닳았다.

어느 날, 여종이 마님을 찾아가 울면서 말했다.

"마님, 제가 죽어야 할까 봅니다. 영감님께서 요즘 들어 부쩍 같이 자자고 하시니 힘없는 제가 언제까지 버틸 수도 없는 일이고, 그렇다고 영감님의 말씀을 듣게 되면 마님께 배은망덕하는 것이 되니 죽는 길밖에는 없겠습니다."

마님은 여종의 바른 심성에 감복했다.

"그렇다고 네가 죽어서야 되겠느냐. 내가 좋은 방법을 생각해 볼 것이니 나쁜 생각 말고 시키는 대로 하렴."

마님은 여종을 내보낸 후 자기가 갖고 있는 금은 제품과 돈, 그리고 몇 벌의 옷을 싸서 마련하고는 새벽에 여종을 불러 보퉁이를 내어 주었다.

"사람이 죽으라는 법은 없는 법이다. 여기 보퉁이 안에는 네가 가정을 꾸릴 밑천과 당분간 입을 옷이 들어 있으니 좋은 사람 만나서 행복하게 살길 바라마."

여종은 감사한 마음에 흐느껴 울었다.

"집안 식구들이 알게 되면 안 되니, 그만 울고 얼른 떠나거라."

마님은 문밖까지 여종을 배웅하여 주었다.

여종은 지금까지 마을 밖으로는 나가 본 적이 없기에 무턱대고 큰길을 따라 걸었다. 계속 걷다 보니 강이 있고 나루터가 보였다. 어찌할 바를 몰라 망설이고 있을 때 멀리서부터 뒤따라오던 더벅머리 총각이 말을 걸었다.

"아가씨가 새벽부터 어디를 혼자 가십니까?"

"말못할 사정이 있어 강물에 빠져 죽으려고 합니다."

"이 좋은 세상에 죽다니, 안 될 말입니다. 나는 꿀장수를 하는 총각인데 그럼 나와 함께 강원도로 가는 것은 어떻겠소?"

두 사람은 함께 영월로 가서 보물도 팔고 총각이 모아두었던 돈을 합쳐 땅을 사서 잘 살게 되었다.

세월이 흘러 한양의 영감과 마님은 늙어 죽었고, 그의 아들 또한 중풍으로 반신불수가 되었다. 그러자 하인 장바우가 남은 재산을 빼돌려 영월로 가서 양반 행세를 하며 살았다.

스무살이 된 한양 영감의 손자는 생각 끝에 하인 장바우가 영월에서 잘 산다는 소문을 듣고 도움을 구하러 찾아갔다. 장바우는 옛날의 상전을 사랑방에 재우기는 하였지만 지금까지 영월에서 양반 노릇을 하며 살았는데 한순간에 신분이 들통나게 되었으므로 죽여 버리기로 작정하고 이미 할머니가 된 여종을 찾아가 도움을 구했다.

여종 할머니는 장바우의 말을 듣고 마님의 집안이 기운 것이 안타까웠다.

"이 일은 내가 맡아서 해결할 것이니 그 도령을 우리 집으로 모셔 오너라."

할머니는 음식을 정성스럽게 마련하여 젊은 도령을 대접한 후에 조심스레 말을 꺼냈다.

"도령, 우리 집이나 장바우나 이곳에서 양반 노릇을 하며 잘 살고 있소. 그런데 도령이 이렇게 나타나는 바람에 장바우와 나의 본색이 드러나게 되니 불안한 마음에 장바우가 도령을 죽일 마음까지 먹었소. 해결할 방법은 하나밖에 없는데 나에게는 열일곱 살된 손녀딸이 있소. 만약 도령이 그 아이와 결혼을 한다면 모든 일이 원만하게 해결될 것이오. 어찌하겠소?"

"할머니, 저도 이상한 눈치는 짐작하고 있었습니다. 말씀대로 하겠습니다."

할머니는 아들과 며느리를 불러 도령과 인사시켰다.

"이 도령은 옛날 나의 주인 영감님의 손자인데, 오늘 네 딸과 결혼하기로 하였으니 며칠 안으로 혼례를 치르도록 준비하여라."

혼례가 끝나자 할머니는 손녀와 손녀사위를 가마와 말에 태우고 다른 말에는 돈과 옷감을 잔뜩 실어서 한양으로 보냈다. 그리고 매년 도움을 주었다.

이와같이 여종은 자신이 젊었을 때 주인마님으로부터 받았던 사랑과 경제적 도움을 잊지 않고 있다가 그의 자손에게 보답했다.

고춧가루

삼복더위에 시원한 정자에서 고을 원님과 선비들이 주안상을 차려놓고 글을 읊으며 풍류를 즐기고 있었다. 한편, 들에서는 농군들이 비지땀을 흘리며 김을 매고 있었다.

그때, 길을 가던 봇짐장수가 원님의 얼굴을 보더니 다가와 넙죽 절하고는 엎드렸다.

"소인은 고춧가루를 파는 장돌뱅이온데 너무 억울한 일을 당하여 원님께 아뢰옵니다."

"그래, 무슨 일이냐?"

"소인이 오늘 고춧가루 외상 문서에 '고춧가루'라는 말을 진서(한문)로 쓰지 않고 언문(한글)으로 썼다고 곤장을 맞았습니다. 앞으로 이 장사를 계속해야 할 저로서는 그 글자를 모른다면 얼마나 더 맞게 될지 겁이 납니다. '고춧가루'를 진서로 어떻게 쓰는지 가르쳐 주십시오."

이 말을 들은 원님을 비롯한 여러 선비들은 서로 쳐다보기만 할 뿐 아무 말도 하지 못했다.

275

이때 김을 매고 있던 농군이 그 모습을 보고 배를 잡고 껄껄 웃었다.

원님과 선비들은 장돌뱅이에게 체면을 깎인 판에 농군한테마저 놀림을 당하는 것 같아 죽을 맛이었다.

"저의 행동에 기분이 상하셨다면 용서하십시오. 양반님들이 진서로 '고춧가루'를 쓰지 못하는 것을 보니 도저히 웃음을 참을 수 없었습니다. 소인은 비록 땅만 긁어먹고 사는 농군이오나 그까짓 거 정도는 눈을 감고도 쓰겠습니다."

원님은 창피한 마음에 부아가 치밀었지만 눌러 참았다.

"그래, 한번 써보아라."

농군은 땅바닥에 크게 '十'를 그었다.

"보십시오. 이렇게 고추(곧추) 내려 긋고 가루(가로) 그었으니 '고춧가루' 맞지 않습니까?"

옆에 있던 고춧가루 장수가 무릎을 치며 탄복했다.

"옳지, 과연 진서로 쓴 '고춧가루' 요. 여기서 이 글자를 쓸 줄 아는 사람은 당신밖에 없소이다."

고춧가루 장수와 농군은 웃으며 일어나 정자를 떠났지만 원님과 선비들은 아무 말도 못하고 앉아 있었다.

어리석은 원님

양반의 신분이긴 하나 배움이 부족하여 벼슬길에 오르지 못한 남편을 둔 아내가 있었다. 학문을 깨우치기 위해 몇 년을 두고 노력하였지만 도무지 콩과 보리도 구분 못할 정도로 바보인지라 아내는 더 이상의 노력은 헛수고라 여기고 친척 중에 정승을 찾아가 좋은 자리를 부탁했다.

친척의 도움으로 작은 마을의 원님이 되긴 하였으나 원님이 처리해야 할 일이 워낙 복잡하고 어렵기 때문에 아내는 남편에게 단단히 일렀다.

"고을 일을 하려면 어려운 일이 많습니다. 그러니 혼자 처리하지 마시고 꼭 저와 의논하여 처리하십시오."

"그렇게 하겠소."

며칠 후 한 농부가 찾아왔다.

"소가 얼음판 위로 걸어가다가 미끄러져 다리가 부러졌는데 어떻게 처리해야 하겠습니까?"

원님은 안방으로 가서 아내에게 그대로 전했다. 아내는 남편에게 처리 방법을 알려 주었고 원님은 그대로 판결했다.

"다리가 부러진 소는 부릴 수가 없으니 잡아서 고기는 팔아 송아지를 사서 키우고, 가죽은 관가에 바치도록 하여라."

판결을 들은 아전들과 고을 사람들은 모두 명판결이라고 칭송했다.

며칠 후 한 남자가 찾아와 눈물을 흘리며 말했다.

"저의 아버지를 이웃에 있는 놈이 때려죽였사오니 살인자를 엄벌에 처하여 주십시오."

원님은 마침 아내가 출타하고 없는지라 며칠 전에 아내가 가르쳐 준 그대로 판결했다.

"이미 죽었으니 살릴 방도가 없으므로 고기는 팔고, 가죽은 관가에 바치도록 하여라."

기생 꾀에 빠진 평안감사

평안감사 김상로는 성격이 포악하여 고을을 순찰하다가 아전들이 실수라도 하면 볼기를 치기도 하고, 간혹 몽둥이로 때려 뼈가 부러지는 일이 있기도 했다. 그래서 그가 고을에 순찰온다고 하면 산천초목까지도 떨었다.

강동 고을에 그가 순찰온다는 기별이 내려지자 수령과 아전들은 근심되어 연신 한숨만 내쉬었다. 그 모습을 본 관기 하나가 이방에게 말했다.

"감사도 사람인데 무엇을 그렇게 무서워하십니까? 제가 감사의 수청을 들도록 해주시면 알몸뚱이를 만들어 꼼짝도 못하게 만들겠습니다."

"진정 그렇게만 한다면 후한 상을 주마! 네게 무슨 묘안이라도 있느냐?"

"제가 감사로 하여금 알몸으로 문가림망을 내리도록 하겠으니 그때 누가 밖에 숨어 있다가 우연히 본 척하여 망신을 시키도록 하십시오."

드디어 감사가 순찰을 위해 고을에 도착했다. 원님은 연회를 열어 풍악을 울리고 기생들의 춤을 구경했다. 어여쁜 그 기생은 김상로의 곁에 앉았다.

김상로는 기생의 미색과 목소리에 반하여 그날 밤 동침하기로 했다. 더운 칠월이라 문가림망을 올려놓은 방에서 감사와 기생이 알몸이 되어 누웠다. 그리곤 잠시 후 기생이 감사의 품에서 몸을 떨며 오한이 있는 것처럼 했다.

"너, 추워서 그러느냐?"

"고뿔이 들었는지 좀 춥습니다. 문가림망을 내리면 좋겠어요."

"그래, 네가 춥다면 그렇게 하자."

"소녀가 내려야 하지만 키가 작아 손이 닿질 않으니 수고스러우시더라도 감사님께서 좀 내려 주시어요."

"그래, 수고는 무슨…… 내가 내리마."

감사가 알몸뚱이의 몸을 일으켜 문곁으로 가서 문가림망을 내렸다. 이때 밖에 숨어 있던 아전 하나가 발자국 소리를 내면서 지나갔다.

감사는 알몸뚱이 모습을 누군가가 보고 소문냈을지도 모른다고 생각하니 얼굴이 화끈거렸다. 그래서 감사는 날이 밝는대로 고을을 떠났고 이후로 아예 강동군에는 오지 않았다.

이름의 유래

　인간이라면 누구에게나 생식을 위한 중요한 기관이 있다. 바로 자지와 보지로 남녀를 구분하는데 그 이름의 내력을 아는 사람은 많지 않다.

　먼저 남자의 남근은 서 있으면 노출이 되지만 앉아 있으면 감춰지게 되므로 '좌장지坐藏之'라고 했다. 그러다가 줄여서 '좌지坐之'라고 했다가 지금처럼 '자지'로 불리게 되었다.

　여자의 경우는 이와 반대로 앉으면 노출이 되고 서서 걸으면 감춰지게 되므로 '보장지步藏之'라고 부르던 것이 줄여져서 '보지步之'로 되었다.

말 되네

칠십 세 주 첨지가 세 아들과 며느리들을 불러놓고 말했다.

"이놈들! 이 늙은이가 홀로된 지 삼 년이 넘었거늘 수발 들어 줄 새어미를 모셔올 생각도 않고 그냥 있단 말이냐?"

고령의 노인네가 새장가를 들겠다고 하니 아무리 자식이고 며느리라고 해도 어이가 없어 멀뚱멀뚱 서로 쳐다만 보고 있었다.

"내 그럴 줄 알고 이미 너희들의 새어미를 구해 놓았느니라."

"네? 몇 살이나 되었는데요?"

"응! 어제 열일곱이라고 하더라."

"아니, 아버님! 저희 자식들이 몇 살인데 그렇게 어린 사람을……."

"무슨 소리를 하는 게냐? 너희들 에미도 그 나이에 나한테 시집을 왔었는데……."

이상한 오쟁이

어느 마을에 바보 남편과 꾀 많은 아내가 살았다. 그의 아내는 이웃의 남자와 정을 통하였는데 남편은 전혀 눈치를 채지 못했다. 날이 갈수록 두 사람의 행동은 대범해졌다.

하루는 부부가 산 중턱에 있는 감자밭에서 김을 매고 있는데 이웃집 남자가 오쟁이를 매고 다가왔다.

"이 사람아, 아무리 부부간이지만 대낮에 사람 있는 곳에서 밤일을 하면 되는가?"

"열심히 밭을 매는 사람에게 무슨 소리를 하는 겐가?"

"내 말이 거짓말인지 자네가 이 오쟁이를 매고 보게!"

이웃의 남자는 바보 남편의 등에 커다란 오쟁이를 지워 주고 혼자서는 벗을 수 없도록 매듭을 뒤로 묶었다.

그리고는 재빨리 여자와 재미를 보았다.

"과연 자네 말이 맞군 그래! 그것 참 신기한 오쟁이네."

바보 남편은 멀뚱멀뚱 바라만 보고 있었다.

천안 삼거리요

충청도 공주 처녀가 수원의 부잣집에서 식모살이를 하다가 집으로 돌아가게 되었다. 여자 혼자서 먼 길을 걸어가려니 걱정스러운 마음에 남복으로 변장을 했다.

한참을 걷다가 마침 공주의 절에 가는 젊은 중과 동행하게 되었다. 재미있게 이야기도 나누며 걷다 보니 천안 삼거리에서 날이 저물어 여관에 묵게 되었다.

마침 방이 하나밖에 없기에 함께 저녁을 먹고 일찍이 이불을 펴고 누웠다. 잠결에 서로 껴안게 되자 젊은 남녀인지라 몸이 짜릿해져 배를 맞추게 되었다.

중이 하도 기분이 좋아 저도 모르게 큰소리로 말했다.

"여기가 어디요?"

여관 윗방에서 자고 있던 심부름하는 아이가 손님이 와서 여관을 찾는 줄 알고 잠결에 대답했다.

"여기는 천안 삼거리 여관입니다. 방도 따끈따끈하고 이부자리도 깨끗하니 들어와 묵어 가십시오."

알뜰한 며느리감

어느 부잣집에 외동아들이 혼기가 다되었다. 그의 부모는 재산을 관리하기 위해서 알뜰하고 지혜로운 며느리를 얻고 싶어 중매쟁이를 불러 부탁했다.

"남종과 여종을 데리고 쌀 서 되로 한 달을 살 수 있는 며느리감을 구해 주면 후하게 사례하겠소."

중매쟁이가 사방으로 수소문하여 드디어 처녀 한 명을 데리고 왔다. 처녀는 세 사람이 먹을 죽을 끓여서 하루에 한끼씩 먹었다. 며칠이 지나지 않았는데도 쌀이 조금밖에 남지 않자 이번에는 사흘에 한끼씩만 죽을 먹었다. 하지만 그래도 부족하여 끝내 합격하지 못하고 집으로 돌아갔다.

중매쟁이는 다시 처녀 하나를 구하여 왔는데 이 처녀는 첫날 아침부터 쌀 서 되를 단번에 밥하여 배불리 먹었다. 그리고 나서 남종에게는 오전 중에 나무를 한짐 해오라고 이르고, 자기는 여종과 함께 산나물을 한 광주리 뜯어와 장에 나가 그것들을 모두 팔아 쌀을 사가지고 왔다. 다음 날도 이런 식으로 생활하자 식량이 부족하기는커녕 남아돌게 되었다.

'이 처녀는 재물은 늘리지 않으면 줄어든다는 것을 아는군.'

영감 부부는 그 처녀를 며느리감으로 정하여 결혼 시켰고, 이후로 더 큰 부자가 되었다.

화수분

    화수분이란 재물을 담아 놓으면 아무리 써도 자꾸 생겨나는 보물 단지를 말한다.

    흉년이 들어 당장 먹을 식량이 없게 된 가난한 농군이 세간을 모두 팔아 곡식을 샀다. 다행히 몇일 끼니거리는 되겠다 싶은 마음으로 집으로 돌아오는데 도중에 젊은 사람이 큰 병에 개구리를 가득 잡아 오는 것을 보았다.

    "그 많은 개구리는 다 무엇에 쓰려고 하는가?"

    "먹을 것이 없어서 이거라도 구워 먹으려고 잡아갑니다."

    농군은 개구리들이 안쓰러웠다.

    "여보게, 내가 이 곡식을 나눠 줄 테니 그걸를 내게 주시게."

    "나야 좋지요."

    농군은 돌아가다가 못이 있기에 그 개구리들을 모두 놓아 주었다. 그랬더니 곧 개구리들이 단지 하나를 물 위에 띄워 주었다.

    농부는 그 단지를 집으로 가지고 와서 조금밖에 남지 않은 곡식을 담았다. 그랬더니 잠시 후 곡식이 단지에 그득하게 많아졌다.

    농부는 하도 신기하여 곡식을 조금 덜었더니 다시 그득하게 채워지는 것이었다.

    농부는 그 곡식을 온 동네 사람들에게도 고루 나누어 주어 모두들 흉년을 무사히 넘길 수 있었다.

놀부의 돈제사

인색하고 몰인정하기로 소문난 놀부이야기.

그는 부자이면서도 먹을거리가 없어 구걸하는 동생에게 거친 보리 한 되 안 주는 지독한 노랭이였다.

게다가 심술맞기는 그 누구 따라올 사람이 없으니 하는 짓 모두 가관이었다. 우물에 똥누기, 우는 아이 똥먹이기, 논둑에 구멍 뚫기, 물동이 이고 가는 아낙 양귀 잡고 입맞추기, 애동호박에 말뚝박기, 고추밭에 말달리기, 화초밭에 불지르기, 임신한 여자 배 걷어차기, 불난 데 부채질하기, 장님 지팡이 감추기 등 온갖 못된 짓은 다했다.

놀부는 또 제 부모 제사지내는 데 드는 제물값마저 아까워 그냥 돈으로 제사를 지냈다. 젯상에 빈 제기를 차리고 종이에 '메(밥)값' '국값' '적값' '육전값' '육회값' '떡값' '탕값' '포값' '채값' '식혜값' '대추값' '감값' '배값' '밤값' '다식값' 등등을 써 엽전 몇 푼과 함께 제기 위에 놓았다. 절을 하고 제사를 다 지낸 다음에 돈을 주머니에 담으면서 궁시렁거렸다.

"오늘 제사에도 또 돈 두 푼은 손해보았구만."

그 돈 두 푼은 닳아 없어진 초 두 자루의 값이었다.

아들 덕에 산 아전

류의(柳宜:1734~?)가 암행어사가 되어 강원도 영월의 악행을 일삼
는 아전을 잡으러 길을 떠났다. 그는 그 아전이 고을 백성들의 재물
을 착취하고 아녀자들을 희롱하는 등 그 정도가 심각하다는 이야
기를 듣고 필히 그를 사형시키리라 작정했다.

류의가 영월에 도착하니 이미 날이 저물어 있었다. 그래서 당장
숙식할 곳을 찾는 중에 불 켜진 기와집이 보여 그리로 갔다.

"이리오너라."

주인을 찾았더니 열대여섯 살 가량으로 보이는 소년이 나와 맞이
했다. 소년은 류의는 사랑방으로, 나졸은 행랑방으로 안내하고, 말
은 마구간에 매고 말먹이를 주었다. 소년의 행동이나 말하는 양이
예의바르기에 류의가 말을 걸었다.

"너의 아버지는 무엇을 하느냐?

"이 고을 아전입니다."

류의는 악명 높은 아전이 소년의 아버지라는 말을 듣고 간사하고
악한 놈이 자식은 잘 두었다고 생각했다.

소년은 저녁 식사도 정성껏 접대하고 잠자리도 직접 깔아 주는
등 류의가 편히 쉴 수 있도록 했다. 먼길을 오느라 힘들었던 류의는
눕자마자 잠이 들었다.

한숨 맛나게 자는데 소년이 흔들어 깨우기에 눈을 떠보니 떡, 생
선, 육고기, 과일, 술이 한상 가득 차려 있었다.

"이게 무엇이고, 너는 어찌하여 나를 이렇게 융숭하게 대접하는 것이냐?"

"금년에 저희 아버지 신수가 좋지 못하여 재앙이 올 수 있다는 말에 오늘 무당을 불러 푸닥거리를 했습니다. 그 음식이니 변변치는 못해도 맛있게 드십시오."

류의는 소년의 말에 부담 없이 음식을 맛있게 먹었다.

다음 날, 고을로 들어간 류의는 어사출두를 외쳤다. 그리고 아전의 목에 칼을 씌우고 꿇어 앉혔다. 그리고 여태껏 저지른 만행에 대하여 죄상을 낱낱이 열거하며 꾸짖었다.

"내가 이곳에 올 때에는 너를 죽일 작정이었으나, 공교롭게도 오는 길에 너의 집에 들러 하룻밤 묵었다. 아들이 예의범절이 바르고 분명할 뿐 아니라 어버이를 걱정하는 마음도 진심이더구나. 또한 내가 그 아이에게 대접받은 것을 생각해 볼 때 너를 죽인다는 것은 도리가 아니라 생각한다. 하여 너를 함경도로 십 년간 귀양보낼 것을 명한다."

류의는 다음날 새로운 고을로 떠났다.

봄꿈은 개꿈

관기를 데리고 사는 남자가 있었다. 관에서 전갈이 오면 함께 자다가도 아내가 나가게 되므로 기분이 나쁠 수밖에 없었다. 외간 남자들과 웃고 논다는 것을 생각하면 더욱 불쾌했다.

기생도 그 마음을 알기 때문에 하루는 속곳 끈을 졸라매며 남편을 달래었다.

"여보, 이것이 바로 사내들의 시달림을 피하는 수단입니다."

남편은 그 말에 다소 마음이 누그러지긴 하였지만, 의심이 완전히 해소되지 않아 몰래 뒤를 따라가 보았다. 그런데 아내는 관가에 도착하자 속곳을 벗어 기왓장 밑에 감추는 것이었다.

남편은 부아가 치밀어올라 그 속곳을 꺼내어 집으로 갖고 와서는 손에 쥔 채 기생이 돌아오기만 기다리다가 깜박 잠이 들었다.

날이 새자 관가에서 나온 기생은 감춰둔 속곳을 찾아 보았지만 어디에도 보이지 않기에 남편이 소행인 줄 짐작하고 집으로 돌아와 살그머니 방문을 열었다. 역시 남편이 속곳을 손에 쥐고 잠들어 있었다. 기생은 얼른 그 속곳을 빼내어 입고 남편의 손에는 머릿수건을 쥐어 주었다.

"여보, 저 왔어요. 눈좀 떠 보세요."

"이년! 네가 나를 속였겠다! 속곳을 벗어두고 다른 서방의 품에 안겼더니 좋더냐, 네 속곳 여기 있다."

남편이 분하여 씩씩거리자 기생은 까르르 웃었다.

"밤사이 무슨 꿈을 꾸신 겝니까? 머릿수건을 들고서 속곳이라니요?"

남편이 당황하여 손을 보았더니 기생의 말대로 머릿수건이 들려 있었다.

"어허, 봄꿈은 개꿈이라더니 정말 그렇군."

남편은 아내를 껴안고 누웠다.

원님의 별난 목민술牧民術

경상도 어느 마을에 지혜롭고 인자하면서도 불의에 대해서는 엄하게 벌하는 원님이 있었다. 그는 뇌물을 좋아하고 비리를 일삼는 아전들에게는 강한 벌로 다스려 관의 기강을 바로잡았다.

이 고을에는 성격이 고약한 부자 영감이 살았다. 그는 지위가 자기보다 높은 사람에게는 굽실거리고 아부하지만, 낮은 사람에게는 인색할 뿐만 아니라 개나 돼지에게 하듯 대했다. 원님은 그의 나쁜 심성을 고쳐 놓으리라 마음먹었다.

영감은 환갑을 맞아 잔치를 열어 원님을 비롯하여 지방 유림은 물론이고 동네 사람 모두를 초청했다. 그리고는 지체가 높은 손님의 상은 대청에 상다리가 부러질 정도로 진수성찬을 마련하고, 일반 사람들의 상은 마당에 멍석을 깔고 긴 목상에 막걸리 한 잔, 적 한 조각, 떡 두 개씩을 놓아 개별적으로 먹도록 준비했다.

원님은 구멍 뚫린 낡은 옷에 짚신을 신고 머리는 수건을 덮어 써서 농군으로 보이게 하고는 부잣집 잔치에 갔다. 대청 앞까지 올라간 원님은 "주인장! 만수무강 하십시오"라며 고개를 숙여 인사하고는 올라앉으려 했다.

"이 사람을 마당으로 안내하여라."

부자 영감은 답례도 하지 않고 하인을 불러 원님을 평상에는 오르지도 못하게 했다. 원님은 마당에서 막걸리 한 잔을 마시고는 바로 동헌으로 돌아와 관복차림으로 가마를 타고 사령을 앞세워 잔칫집으로 갔다.

"이렇게 누추한 곳까지 와주시다니 감사합니다."

버선발로 문앞까지 달려나온 부자 영감은 원님을 상석으로 모셨다. 귀한 음식이 원님 앞으로 당겨졌다. 그런데 원님은 음식을 입에 대지 않고 아무 말도 없이 떡, 고기 등 가리지 않고 음식을 소매 안과 허리춤 속으로 집어넣었다.

"왜 음식이 못마땅하십니까?"

원님의 이상한 행동에 부자가 물었다.

"여기 음식은 나에게 먹으라고 준비된 것이 아니라, 내 의관에게 대접하는 것인데 내가 어떻게 먹을 수 있겠습니까?"

"그게 무슨 말씀이십니까? 설마 제가 의관에게 음식을 주었겠습니까?"

"그럼 아까 주신 막걸리도 저를 보고 내오신 겁니까?"

영감은 그제서야 모든 사정을 알게 되었다.

"정말 잘못했사오니 이번 한번만 용서해 주시면 앞으로는 누구에게나 정성껏 잘하겠습니다."

사람을 차별하던 버릇을 고친 영감은 이후로 마을 사람들에게 존경받는 말년을 보냈다.

시어머니의 버릇을 고친 며느리

백일 기도를 하여 얻은 아들이라고 귀하게 여기는 어머니가 그 아들을 장가보내 놓고 새로 들어 온 며느리를 얼마나 못살게 구는 지 도무지 견뎌내기가 힘들었다.

며느리는 매일 아침부터 저녁까지 쫓아다니며 사사건건 시비걸고 들볶기 때문에 시집온 지 석 달도 못되어 친정으로 가버렸다. 두 번째 며느리는 살림을 헤프게 한다는 핑계로 몇날을 굶기며 시집살이를 시키는 바람에 역시 늦은 밤 도망가버렸다. 세 번째 며느리는 아침부터 밤까지 쉬지 않고 일을 하건만 게으르다고 구박하여 역시 집을 나갔다.

시어머니의 못된 성미는 시아버지나 아들이 말린다고 해결되는 일이 아니기에 더 이상 중매쟁이들도 나서지 않았다. 그런데 옆동네에 사는 처녀가 이 모든 소문을 듣고도 시집을 가겠다고 자원했다. 그의 부모들이 반대하고 마을 사람들도 말렸지만 처녀는 고집을 부리고 끝내 시집을 갔다.

성미 고약한 시어머니는 며느리의 모습을 볼 때마다 머리채를 휘어잡으며 때리고 구박했다. 그런데도 며느리는 생글생글 웃으며 상냥하게 대했다. 시아버지와 남편은 물론이고 동네 사람들은 모두들 이구동성으로 며느리를 칭찬했다.

그렇게 석 달을 참고 지내던 며느리가 하루는 시아버지와 남편이 들로 나가자 빨래줄과 회초리 한다발을 들고 시어머니의 방으로 들어갔다.

"그것은 무엇하러 가져왔느냐?"

"어머니의 버릇을 고쳐드리려고 합니다."

며느리는 빨래줄로 시어머니를 꽁꽁 묶어 놓고 회초리로 등과 엉덩이를 마구 때렸다.

"어머니가 미워서가 아니라 못된 버릇을 고치려 하는 것이니 고깝게 생각하지 마세요."

인정사정없이 한참 동안 때린 며느리는 기운이 다하자 손을 멈추고는 풀어 주었다.

"오늘은 이쯤하고 그치지만 아주 그치는 것이 아니라 어머님의 버릇이 고쳐질 때까지 계속하겠습니다."

시어머니는 며느리에게 맞은 것이 얼마나 분한지 사립 밖에 나가서 동네 사람들이 모두 듣도록 큰 소리로 울분을 토했다.

"동네 사람들! 내 말 좀 들어 보시오. 글쎄 우리 집 못된 며느리가 나를 마구 때리니 세상에 이런 법이 어디 있단 말이오! 아이구 분해라, 아이구 분해!"

그러나 어느 누구도 하소연을 믿어 주지 않고 오히려 비웃기만 했다. 들에서 일을 마치고 돌아온 남편과 아들도 며느리에게 맞았다는 말을 믿어 주지 않았다.

다음날도 시아버지와

아들이 들로 나가자 며느리는 또 빨래줄과 회초리단을 들고 방으로 들어왔다.

"어머님, 아직도 버릇이 그대로이니 또 맞으셔야겠습니다."

며느리는 이번에도 시어머니를 묶어 엎어놓고는 등과 엉덩이를 사정없이 때리고는 풀어 주었다.

시어머니는 너무 분하여 눈물을 흘리며 동네사람들과 남편, 그리고 아들에게 말하였지만 도무지 믿어 주지 않았다.

그 다음날도 시아버지와 아들이 들로 일하러 나가자 며느리는 또 빨래줄과 회초리단을 들고 시어머니 방으로 들어갔다.

"아가! 내가 잘못했다. 이제 다시는 괴롭히지 않으마."

시어머니는 눈물을 흘리며 진심으로 회개했다.

"어머님에게 매질을 한 죽을 죄를 용서하소서."

며느리도 눈물을 흘리며 그 동안의 잘못을 사죄했다. 이후로 집안은 화목하게 되었다.

정승의 부인

새로 정승이 된 대감의 집에는 찾아오는 손님이 많아졌을 뿐 아니라 굽신거리는 사람들도 많아졌다. 정승의 아내가 그 모습을 보고 있자니 남편이 벼슬이 높아진 만큼 몸도 커진 것만 같아 가만히 곁으로 다가가 귓속말로 물었다.

"여보, 벼슬이 높아지면 몸도 커지겠지요?"

남편은 아내의 말을 예사로 듣고 건성으로 그렇다고 대답했다.

부인은 남편의 몸이 커졌으니 당연히 아래 연장도 함께 커졌을 것이라는 생각에 밤이 되기를 고대했다.

밤이 되어 손님들이 모두 돌아가고 정승이 안방으로 들어왔다. 낮부터 기다림에 안달이 났던 부인은 남편이 이불에 눕자마자 남편의 연장을 끌어다 자기의 샘 속에 넣고 방사를 시작했다.

그러나 남편의 연장이 더 커진 것 같지 않자 하루 종일 가졌던 기대감이 무너지면서 화가 났다.

"벼슬이 높아지면 몸도 커진다 하여 당신 연장도 전보다 커졌을 것으로 믿었는데 예전과 같으니 이게 어찌된 일입니까?"

부인의 말에 잠시 당황했던 정승은 곧 무슨 뜻인지 알아차렸다.

"부부는 일심동체라는 말이 있질 않소. 내가 벼슬이 높아져 몸이 커지면 따라서 당신도 직급 높은 아내가 되어 몸집이 함께 커지니 나의 연장이 커진 만큼 당신의 옥문도 커졌을 텐데 당연히 잠자리에서 달라진 것을 느낄 수 없지요."

정승의 말을 들은 부인은 그
제서야 이해하고 남편을 더욱
꼭 안았다.

수달 사냥

한 농군이 추운 날에 냇가 언덕길을 걸어가다가 수달 한 마리가 굴로 들어가는 것을 보았다. 수달의 가죽을 시장에 내다 팔면 큰 수익을 얻을 수 있을 것 같아 기분이 마냥 좋았다. 낙엽과 건초를 굴 앞에 모아놓고 불을 피우니 수달이 연기에 취하여 굴 밖으로 나와 도망쳤다. 농군은 놓칠새라 수달을 뒤쫓아 가고 있는데 갑자기 큰 개가 나타나 수달을 물고 가버렸다.

농군은 개를 따라가서 개주인에게 사실 이야기를 하고 수달을 내어달라고 했다.

"내가 왜 수달을 당신에게 줍니까? 내 개가 잡았으니 당연히 나의 것이지요."

"여태 나의 이야기를 듣고도 그렇게 말합니까? 당신 개는 내가 다 잡은 수달을 중간에서 가로챈 것이라니까요."

둘의 시비를 지켜본 이웃 사람들도 수달이 누구의 것이라고 단정하여 말할 수 없기에 관가에 가서 해결하라고 권했다. 농군과 개주인은 원님에게 해결해 줄 것을 간청했다.

"서로 제 것이라고 하니 그 사유를 말해 보아라."

"소인이 길을 가다가 굴 속으로 수달이 들어가는 것을 보고 굴 앞에 불을 피워 밖으로 몰아냈으니 수달은 저의 것입니다."

"아닙니다. 비록 수달을 굴 밖으로 몰아냈다 하여도 도망가는 것을 잡은 것은 소인의 개입니다. 그러니 마땅히 수달은 저의 것입니다."

원님은 두 사람의 이야기를 모두 듣고는 잠시 고민하더니 판결을 내렸다.

"두 사람은 듣거라. 한 사람은 수달을 굴 밖으로 몰아냈고, 그것을 개가 잡았으니 두 사람 모두에게 권한이 있다. 그러니 두 사람이 수달을 절반씩 나누어 가지도록 하여라."

동헌 뜰에 모인 사람들의 사또의 판결이 시원찮아서 수근거렸다. 그때 소년 하나가 원님의 앞에 나와 절을 하고는 말했다.

"원님, 외람된 말씀이지만 수달을 반씩 나누게 되면 값비싼 가죽이 쓸모없게 됩니다. 한번 더 생각하시어 판결하여 주십시오."

원님은 너그러운 웃음을 지으며 말했다.

"너에게 좋은 생각이 있다면 판결해 보아라."

원님이 자리를 내어 주지 소년은 당상에 올라앉아 카랑카랑한 목소리로 말했다.

"듣거라. 수달이를 굴에서 쫓아낸 것은 사람이고 그것을 잡은 것은 개이므로 사람은 가죽을 탐낸 것이고 개는 고기를 탐내어 잡았다고 할 수 있다. 그러므로 수달의 가죽은 농군에게 주고 개에게는 수달의 고기를 주도록 하여라."

원님은 소년의 명판결에 흡족했다.

윗목에 누가 있어요

키가 6자가 넘는 키가 큰 남자와 키가 5자 밖에 안 되는 작은 여자가 운우지락을 즐기려는데 남자가 여자의 배 위로 올라가니 남자의 키가 여자보다 워낙 커서 가슴이 얼굴을 가리게 되었고, 남자의 팔이 여자의 귀를 가렸다.

남자는 아래에 있는 여자가 걱정이 되었다.

"당신 괜찮소?"

남자의 입과 여자  의 귀 사이가 너무 멀리 떨어져 있는 데다가 남자의 팔이 여자의 귀를 가리고 있었기 때문에 여자는 남자의 목소리를 잘 알아들을 수 없었다.

"여보! 윗목에 누가 있어요."

여자는 웬 남자의 목소리가 위쪽에서 들려오기에 다른 사람이 말하는 줄로 알았다.

꿀강아지

강원도 꿀장수가 한양으로 장사를 하러 왔다. 처음 와본 한양이라 꿀전이 어디 있는지 몰라서 길가에 꿀단지를 놓고 팔고 있었다. 그러나 꿀을 사는 사람이 한 사람도 없었다.

저녁 무렵까지 한 통도 팔지 못하고 앉아 있는데 마침 욕심 많은 부자 영감이 그 길을 지나가고 있었다. 영감이 꿀장수의 차림새를 보니 어리숙한 촌놈이라 꿀을 헐값에 살 수 있겠다 싶었다.

"이보시오, 요사이 나라에서 꿀을 못팔게 명령하였는데 어쩌려고 이렇게 장사를 나왔단 말이오?"

"그래요? 저는 시골에 살기 때문에 모르고 왔습니다. 어쩐지 하루종일 한 통도 안 팔리더라니……."

"딱하기도 하군. 보는 사람이 아무도 없으니 내게 파시오. 내가 많이는 못쳐줘도 노자삼아 열 냥은 주겠소."

꿀장수는 큰 꿀단지를 부자의 집에 져다 주었다. 그리고 이왕 한양에 왔으니 구경이나 해야겠다고 생각하여 이리저리 돌아다니다가 한양 꿀장수를 만났다.

"나라에서 꿀을 못 팔게 한다던데 이렇게 장사해도 됩니까?"

"누가 그런 말을 합디까? 세상에

머리털 나고 그런 이야기는 처음 듣소이다.”

꿀장수는 부자 영감에게 속았다는 것을 알았다. 분한 마음이 들어 당장에 따지러 가려고 하는 찰라 좋은 생각이 머리를 스쳤다. 꿀장수는 한양 구경을 그만두고 부자 영감의 집으로 발길을 돌렸다.

“어제는 꿀을 팔아 주시어 감사합니다.”

“고맙긴요, 다 돕고 사는 것이지요.”

“우리 고향에는 꿀벌통보다 더 좋은 꿀강아지가 있는데 이것만 있으면 큰 부자가 될 수 있습니다.”

“꿀강아지라니…… 어떤 강아지입니까?”

“꿀강아지는 온종일 꿀만 싸지요.”

“그런 개가 있다구요? 그것을 내가 살 수 있겠습니까?”

“글쎄요, 주인에게 말은 해보겠지만 장담은 못하겠습니다. 지금은 그 사람이 출타 중이니 열흘 후에 오면 만나게 해드리지요.”

꿀장수는 집에 와서 강아지를 닷새 동안 굶겨 똥을 모두 싸게 한 다음 다시 닷새 동안 꿀만 먹여 꿀똥만 누게 했다.

약속한 날이 되자 꿀장수는 이웃집 남자에게 그간 있었던 일을 말하고 꿀강아지를 맡아 팔아달라고 했다. 한양에서 부자 영감이 오자 꿀장수는 이웃집으로 인도하여 인사를 시켰고, 남자는 서로 짠 각본대로 강아지를 불러 꿀똥으로 서울 부자를 대접했다.

“정말 신기한 강아지로군요. 나에게 파시오.”

“무슨 말씀이오. 꿀강아지 덕에 살고 있는데 이것을 팔면 나는 살 길이 없지요.”

“가격은 후하게 쳐줄 테니 제발 나에게 파시오. 오백 냥을 주면 어떻소?”

이웃집 남자는 못이기는 척하며 꿀강아지를 부자 영감에게 팔았다. 영감은 커다란 보물이라도 만난 듯 기쁜 마음에 입을 다물 줄 몰라했다. 서울로 영감이 돌아가자 꿀장수는 자기 아내를 방으로 불러다 앉히고 말했다.

"며칠 후에 서울 부자가 강아지 한 마리를 안고 올 것이니 당신은 머리를 풀고 있다가 누가 나의 안부를 묻거든 죽었다고 하시오."

꿀장수는 당장 짐을 챙겨 한동안 집을 떠나 있었다.

억지 명령

어느 고을에 욕심 많은 원님이 새로 부임해 왔다. 백성의 재산을 빼앗는 것에 대하여 양심의 거리낌이 없는 이 원님은 고을에서 가장 부자 영감을 관가로 불러들였다.

"관에서 산딸기가 필요하니 사흘 안에 닷 말의 산딸기를 바치거라. 시행하지 않을 경우에는 불복종한 죄를 물어 재산을 몰수하겠다. 알겠느냐?"

영감은 한겨울에 어디 가서 산딸기를 구해 오라는 것인지 답답하기만 했다. 구할 방법은 없고 명령한 시일이 다가오자 재산을 몰수당하여 거지될 생각에 화병을 얻어 앓아 누웠다.

열여섯 살 된 아들이 아버지의 화병에 연유가 있을 것으로 생각되어 안방으로 들어가 사유를 물었다. 아버지는 늦게 얻은 총명한 아들이 한순간에 거지 신세가 될 것을 생각하니 마음이 아파 울면서 원님의 명령을 이야기해 주었다.

"아버지 염려 마십시오. 제가 해결하겠습니다."

아들은 즉시 관가로 달려갔다.

"원님, 저희 아버지가 산에 가서 산딸기를 따다가 독사한테 물려 누워 있으니 약을 구해 주십시오."

"뭐라고 이놈아! 이 추운 겨울에 독사가 어디 있단 말이냐?"

"그럼 이 겨울에 산딸기는 어디 있습니까?"

원님은 아들의 물음에 아무런 답변도 할 수 없었다.

정재상의 첩

효종(1649~59) 때 영의정이었던 정재상은 어려서부터 재주가 뛰어나고 품성이 착하여 커서 크게 될 인물이라는 말을 들으며 자랐다. 그런데 오직 그의 부친만은 그를 미워하여 문안인사조차도 제대로 하지 못했다.

부친이 전라도 감사가 되어 부임하자 홀로 한양에 있던 정재상은 전주로 가게 되었다. 걷다가 삼례에 이르자 비바람이 심하여 더 이상 걸을 수 없게 되자 인근 여관에 묵기로 했다.

심부름하는 아이를 따라 방으로 들어가다가 부엌 아궁이 앞에 불을 쬐고 있던 거지 소년이 주인에게 쫓겨 나가는 것을 보았다. 불쌍한 마음이 생긴 정재상은 소년을 방으로 불러들여 밥을 먹이고 따뜻한 아랫목에 눕도록 했다. 곧 잠이 든 모습을 보고 측은한 마음이 더해져서 소년의 옷고름을 풀고 저고리의 이를 잡아 주었다.

그런데 살결을 보니 하얗고 보드라워서 소년이 아니라 소녀라는 것을 알게 되었다. 꼼꼼히 보니 얼굴도 고와 정재상은 자신도 모르게 성감이 일어나 관계를 맺었다. 방사가 끝나고 소녀에게 사정을 물었더니 소녀가 눈물을 흘리며 말했다.

"저는 역관의 딸이었는데 부모가 일찍이 사망하셔서 재산을 모두 서모에게 빼앗기고 거지 신세가 되어 이렇게 남복을 입고 하루하루 연명하고 있습니다. 날은 점점 추워지고 앞으로 어떻게 살아야할지 모르겠습니다."

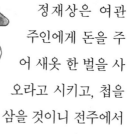

정재상은 여관 주인에게 돈을 주어 새옷 한 벌을 사 오라고 시키고, 첩을 삼을 것이니 전주에서 돌아올 때까지 평안히 돌봐주도록 조치했다.

정재상은 전주에 도착하였지만 아버지가 마음쓰여 정문으로는 들어가지 못하고 옆문으로 들어가 어머니를 만났다.

"어머니, 그동안 평안하셨습니까?"

"너는 어떻게 지냈느냐? 아버지는 출타 중이시다. 네가 우리와 함께 살면 좋으련만 어미 마음이 아프단다."

두 사람이 반갑게 대화를 나누고 있을 때 마침 그의 부친이 들어왔다. 정재상은 부친께 엎드려 절했다.

"네가 왔구나. 어려서부터 재상이 될 기질은 타고났음에도 얼굴에 살기殺氣가 있어서 명이 짧을까봐 지금까지 내가 멀리하였는데 오늘 보니 그것이 모두 없어졌구나. 아마 네가 은덕을 쌓았나보다."

정재상은 부친이 눈물을 흘리며 기뻐하자 삼례 여관에서 만난 처녀의 이야기를 했다.

"그 일이 큰 음덕이었나 보구나."

정재상은 여관으로 가마를 보내어 처녀를 데려다가 부모님께 인사시키고 첩으로 삼았다.

자린고비의 인색

충청도 충주에 인색하기로 소문난 자린고비가 살았다. 그는 어린 나이부터 장사를 하여 돈을 많이 벌었으나 검소한 생활이 몸에 익어 쓸 줄을 몰랐다. 그리하여 가족들은 돈 많은 집이면서도 기갈을 면치 못하였고, 아내도 역시 마찬가지로 배를 곯았다.

한번은 그가 멀리 출타할 일이 생겨서 자기가 집을 비울 동안 먹을 양식을 계산하여 아내에게 주고 창고 열쇠는 주지 않았다. 막 집을 나서려는데 밀가루 한 함지를 창고에 넣어두지 않은 것을 보고, 손바닥으로 밀가루를 판판하게 만든 다음 수염이 난 자기 얼굴로 도장 찍듯이 찍어 두었다.

"내가 분명히 표시해 두었으니 이걸 먹을 생각일랑 하지 마시오."

자린고비가 집을 떠난 며칠 후에 갑자기 검은 구름이 몰려오더니 몇날을 연달 비가 내리는 바람에 길이 망가져 자린고비가 돌아오지 못했다.

아내는 식량이 떨어지자 배고픔을 참을 수 없어 밀가루로 수제비를 만들어 먹었다. 그리고 자린고비에게 들키지 않기 위해 함지에 담긴 밀가루를 손으로 판판하게 만든 후, 속곳을 벗고 함지에 앉아 음부로 도장을 찍었다.

이틀 후 자린고비가 집으로 돌아왔는데, 다른 인사는 나중에 하고 가장 먼저 밀가루를 살폈다.

"여기에 찍힌 도장이 내 얼굴과 다르니 이것이 어찌된 일이오?"

"어디가 다릅니까?"

자린고비의 아내는 끝까지 발뺌했다.

"내 입은 가로로 찢어졌는데 여기에는 세로로 되어 있으니 다르고, 털도 꼬불꼬불된 것이 많질 않소? 솔직하게 말하시오. 밀가루를 먹었소?"

"당신이 약속한 날보다 이틀이나 늦는 바람에 당장 먹을 곡식이 없는 것을 어쩌란 말입니까? 당신은 내가 굶어 죽어야 마땅하다고 생각합니까?"

아내가 눈을 부라리며 따지고들자 자린고비는 더 이상 말을 못했다.

공허가

아내에게 꼭 쥐어 사는 대감 세 사람이 한자리에 모였다. 평소에
는 깊숙하게 숨어 있던 호기가 술 한 잔씩 오고가자 슬그머니 고개
를 들고 일어났다.

"참 좋은 자리가 마련되었네. 여편네 등살에 제대로 놀아보지도
못했었는데 오늘은 코가 삐뚤어지도록 먹고 마셔 보세나."

"사내 대장부가 밤낮 계집한테 매여서 살다니 이제부터는 절대
로 그렇게 바보같이는 안 살 것이네."

"따지고 보면 계집을 누가 사람으로나 쳐주는가?"

술이 벌겋게 오르자 목소리는 더욱 커져 방 밖까지 들렸다.

"우리 여편네는 화가 나면 도끼눈을 뜨는데, 아마 뒷산의 나무들
을 다 베어도 될 것이네."

"눈만 그러면 다행이게. 우리 마누라는 손이 얼마나 우악스러운
지 내 머리털 뽑는 실력으로 김을 매면 하인들이 할 일이 없을 걸."

"그 정도는 약과지. 화날 때 인정사정 없이 달려들 때에는 내가
황소랑 살고 있는 것은 아닌가 싶을 때가 한두 번이 아니오."

신나게 떠들고 있을 때 밖에서 이들의 대화를 듣고 있던 대감의
부인들이 더 이상 참지 못하고 별안간 소리를 질렀다.

"이놈들아, 뭐가 어쩌고 어째?"

세 명의 대감들은 너무 놀라 한 사람은 번개같이 뒷문으로 도망
가고, 또 한 사람은 구석에 서서 사시나무 떨듯 했다. 그런데 나머

지 한 사람은 술잔을 든 채로 그
자리에 가만히 앉아 있었다.

　사시나무처럼 떨고 서 있던
대감이 어지간히 간이 큰 놈이
라고 생각하고 자세히 얼굴을
살폈더니 눈동자가 흰자위만
보였다.

　"뭐야, 이 사람은 아주 까무러쳤잖아."

암행어사 박문수의 선행

영조 때 암행어사 박문수(朴文秀 : 1691~1756)가 여러 마을을 순행하다가 이 고을 좌수가 악하여 가난한 백성을 괴롭힌다는 소문을 듣고 감찰하다가 날이 저물어 근처 초가에 들러 하룻밤 묵어가기를 청했다. 그집 아들은 문을 열어 주며 미안한 표정으로 말했다.

"저희 집은 양식이 떨어져 며칠째 굶고 있는 형편이라 손님을 대접할 양식이 없습니다. 하지만 밤이슬이라도 피하시길 원하신다면 들어오십시오."

박 어사가 들어와 앉았는데 뱃속에서 꼬르륵거리는 소리가 났다. 그 소리를 들은 아들이 방안 천장에 매단 종이 봉지를 몇 번이고 쳐다보더니 그 중 하나를 내려서 부엌으로 가지고 가서 모친에게 보였다.

"그 쌀로 저녁을 지어 먹어버리면 너의 아버지 제사는 어떻게 지낼려고 그러느냐?"

"어머니, 그때는 제가 다른 방법을 생각해 보겠습니다. 우선은 우리 집에 온 손님을 굶길 수는 없지 않습니까?"

"네 말도 맞지만 제삿날이 얼마 남지도 않았는데……. 그래, 우선은 선비님의 밥을 짓거라."

방에서 이들의 대화를 들었던 박 어사는 식후에 천장에 매달린 쌀봉지에 관하여 물었다.

"저 천장에 매달린 봉지들은 무엇이오?"

"네, 저희 집은 가난하기 때문에 가을 추수 때 미리 일년 동안 제사에 쓸 쌀을 봉지에 담아두고 때마다 한 봉지씩 내려다가 제삿밥을 짓습니다."

이야기를 하고 있는 중에 밖에서 사람을 찾는 소리가 들렸다.

"박 도령, 네 이놈! 빨리 나오너라."

사정을 들어 보니 고을 좌수댁 종이 좌수의 명령으로 이집 아들을 끌고가려고 온 것이었다.

"무슨 이유로 좌수가 총각을 데려오라고 한단 말인가?"

"얼마 전 박 도령이 좌수댁 아가씨와 눈이 맞아 혼인을 하겠다고 찾아갔었는데, 감히 가난한 놈이 집안을 모욕했다고 좌수 나리께서 화가 단단히 나셨지요. 지난 번에도 불려가 매질을 당했었는데 아직도 분이 풀리지 않는지 또다시 끌고오라 했습니다."

"그래? 나는 박 도령의 삼촌인데 내가 대신 가서 만나야겠다."

박 어사는 소문으로 들었던 좌수를 직접 만나 이야기를 해보는 것도 좋겠다 싶어 총각을 대신하여 나섰다. 종을 따라 좌수의 집에 도착하자 곧바로 마루로 올라가 좌수에게 따졌다.

"내 조카는 양반인데, 청혼 상대가 마음에 들지 않으면 거절하면 그만이지 왜 이렇게 여러 번씩 모욕한단 말이오?"

좌수는 박 어사의 말에는 대답조차 하지 않고 종에게 도끼눈을 뜨며 나무랐다.

"내가 박 도령을 데려오라 하였는데 어찌하여 이 사람을 데려왔느냐?"

박 어사는 죄수가 도무지 말상대도 해주지 않는 것에 화가 나서 소매에서 마패를 꺼내 보였다. 깜짝 놀란 죄수는 뜰 아래로 내려가 엎드렸다.

"저희들끼리 좋다고 연을 맺어달라 하는데 어찌하여 눈앞에 보이는 재물이 부족하다고 하여 사랑하는 사람들을 갈라 놓는단 말이냐? 삼일 후에 네 딸을 박 도령과 혼인시키도록 하여라."

박 어사는 곧바로 읍내로 가서 암행어사 출두를 알리고 관장에게 조카의 결혼 준비를 명했다. 관장은 마을 사람들은 물론 이웃 고을의 관장까지 초청하여 결혼식을 성대하게 거행했다.

그리고 결혼식이 끝나자 죄수의 죄를 물어 가난한 백성들을 손해 보게 만든 일에 대하여 배상토록 명하고, 재산의 절반을 사위에게 주겠다는 문서를 작성하게 만들어 마패로 도장을 찍었다. 그리고 관장에게도 증인으로 서명토록 하여 이 문서를 박 도령에게 주었다.

박 도령은 사랑하는 아내와 함께 장인에게서 받은 재산으로 어려운 사람들을 도와주며 행복하게 살았다.

천생 배필

어느 마을에 코를 심하게 고는 총각이 살았다. 초가 지붕이 밤마다 들썩거렸다. 농사일이 많아 힘들었던 날에는 그 소리가 천둥치는 소리같이 들려 단잠을 방해하곤 했다.

이 동네 사람들은 총각의 코고는 소리 때문에 모두들 귀마개를 하고 자야 했지만, 그가 워낙 심성이 착하며 부지런하고 궂은 일에는 언제나 앞장서기 때문에 미워하지 않았다.

그러한 그가 결혼할 여자가 없어 노총각이 되도록 혼자 사는 모습이 안타까워 동네 사람들은 여기저기 수소문을 하여 마땅한 처녀를 찾았다. 처녀는 예쁘고 부지런하기는 해도 가는 귀가 먹어 큰 소리에도 놀라는 법이 없었다.

둘은 처음 만나는 날에 서로 마음이 통하여 다음날부터 한집에서 살게 되었다. 모든 사람들이 두 사람은 서로에게 천생배필이라 했다.

신랑의 노래

    결혼식을 올린 첫날밤, 신부의 눈에는 신랑이 용렬하고 답답하게만 보여 내일 잔치를 치룰 생각에 눈앞이 캄캄하기만 했다.

    "내일 잔치에 동네 손님들이 많이 올 터인데 노래를 부르라고 권하면 부르실 수 있으십니까?"

    "난 노래를 부를 줄 모르오."

    "그러면 제가 하는 대로 따라 하세요."

    신부는 나지막한 소리로 선창을 했다.

    "남산에……"

    그러자 신랑도 큰 소리로 복창했다.

    "남산에……"

    그러자 신부는 통명스럽게 말했다.

    "너무 요란스러워요!"

    신랑은 역시 따라서 했다.

    "너무 요란스러워요!"

    그 소리가 너무 커서 신부는 민망하여 말했다.

    "건넌방에서 듣겠어요."

    신랑은 그마저도 따라했다. 신부는 하도 기가 막혀 자신도 모르게 중얼거렸다.

    "참으로 개새끼로군……."

    다음 날, 아니나 다를까 잔치에 모인 손님들이 신랑에게 노래를 권했다.

"잘 못합니다."

그러자 손님들은

"잘하고 못하는 것이 무슨 흠이 되겠소. 한번 해 보시오."

라며 재차 권했다. 할 수 없이 신랑은

"남산에……"

하고 큰 소리로 부르기 시작했다.

"참 잘부릅니다, 그려."

손님들이 모두 칭찬을 하자 신랑은

"너무 요란스러워요."

하고 크게 소리쳤다.

"알았소. 요란스럽게 하지 않을 것이니 계속하시오."

손님들은 신랑을 달랬다. 곧 신랑은 더욱 목청을 높여

"건넌방에서 듣겠어요."

했다. 이때 건넌방에 있던 장인이

"잘 듣고 있으니 어서 부르게……."

하자, 신랑은 더욱 큰 목소리로 말했다.

"참으로 개새끼로군……."